Wolfgang Baier

Secuestrado por Sendero

Dibujo de la cubierta: Raúl Rodríguez Gallo
Lectorado español: Patricia y José Antonio Delgado
Beteré,
Lectorado peruano: Augusto Vera Bejar
Título de la edición original:
Gefangen vom Leuchtenden Pfad, Vienna 1995.

Dedico este libro a mis hijos
Ute y Jörg

Herstellung und Verlag:
BoD - Books on Demand, Norderstedt
ISBN 978-3-7386-2417-5

Wolfgang Baier

Secuestrado por Sendero

Traducción al español
Britta Dachler de Fischer

1

—Ha icho q´onchata, Juliana —oyó susurrar a su padre.

Con sumo cuidado José tiró de sus dos frazadas de lana de alpaca hasta taparse los oídos, evitando así que se escapara ni un ápice del agradable calor que lo envolvía. Al otro extremo de la cama dormía Mauro, su hermano menor. No podía exponerlo al frío intenso que llegaba todas las noches hasta los lugares más recónditos de la casa. Como de costumbre lo había despertado ese aire helado, y como de costumbre escuchaba desde la habitación adyacente el ruido tan conocido que hacía su madre al quebrar las ramas secas que necesitaba para prender el fuego bajo el fogón, tal como se lo acababa de pedir su esposo. A su retorno del trabajo en las chacras los padres recolectaban diariamente las ramas y los palos que la madre se disponía a utilizar ahora.

No era una cocina propiamente dicha. Se trataba de un pequeñísimo cuartucho en el que apenas cabía una persona. En el suelo se encontraban desperdigadas unas ollas de lata tiznadas y en un estante colgado de la pared se acumulaban los trastos que necesitaba la familia: plato sopero, jarro, y cuchara para cada uno; cuchillos y tenedores no eran necesarios. La carne, que sólo se comía alguna vez al mes, se consumía a mordiscos sujetándola con la mano.

A través del techo de paja de la cocina salía un humo fino y ondulado, que se dispersaba por el patio y penetraba por la puerta y el techo de la vivienda hasta alcanzar la cama de José, anunciándole la llegada de un nuevo día al pequeño pueblo de Toro situado en los Andes peruanos. Con seguridad, sería uno más de tantos días uniformes que José había pasado y pasaría allí.

La madre de José entró a la vivienda cargando una olla de sopa caliente y la depositó sobre la mesa. Una sopa de verduras acompañada de maíz tostado era el plato de base diario, no sólo para la familia Quispe sino también para los demás habitantes del pueblo. Al fin y al cabo todos eran campesinos y aquí en la sierra cualquier trabajo era mucho más arduo y duro que en la región costera. Los campos de cultivo se encontraban situados a una altura de hasta tres mil quinientos metros y para llegar a ellos desde Toro había que someterse a largas caminatas, subiendo pesadas pendientes y siguiendo senderos dificultosos. Por lo tanto había que levantarse temprano para poder empezar la faena antes de que saliera el sol.

Raúl Quispe, el padre de José, tenía que someterse a ese trajín. Se levantaba sin despertar a Jesús, con quien compartía la cama. Tal como se había acostado, vestido con pantalón, camisa y chompa, se iría al trabajo y volvería a acostarse en la noche. Así como la sopa de verduras para el desayuno, su atuendo pertenecía a la vida campesina en los Andes.

Sentados y en silencio los padres tomaban la sopa a grandes sorbos. Junto con un té caliente servía para reconfortarse en la vivienda helada. José los observaba levantando cuidadosamente un borde de su frazada.

—¿Cuándo volverán?

—Recién al anochecer. Hoy tendremos que arreglar un canal de riego en las alturas. Está perdiendo mucha agua. Eso no conviene ya que casi no llueve.

—¿Terminarán hoy ese trabajo? —siguió preguntando José.

—No, seguro que no, por lo menos nos tomará dos semanas, a pesar de la mano de obra de dos hombres que cada fundo pone a disposición para este trabajo —le explicó su padre.

Mientras tanto la madre había empezado a amarrar dos atados. En una manta envolvió la comida para todo el día más una botella de plástico llena de chicha y un pequeño bolso conteniendo hojas de coca, las cuales no podían faltar durante el trabajo. Las hojas secas de coca se masticaban mezclándolas con unas gotas de cal líquida contenidas en una pequeña botella, que para todo hombre tenía la misma importancia que la pala y el pico. Lentamente se desprendía de esta mezcla de coca y cal una droga que atenuaba la sensación de hambre y cansancio durante la ardua jornada de trabajo. Ya en la época inca los hombres recibían su ración de coca cuando trabajaban la tierra mancomunadamente. Ese atado lo entregó a su esposo; ella por su parte se amarró a la espalda a la pequeña Elda.

—¡Acuérdate José, que tienen que ir a la escuela! Además hoy hornean pan en el pueblo; compra veinte panes. A la hora del almuerzo cada una puede comerse uno. ¡Cuida bien a tus hermanos!

Abandonaron la casa. Se escuchaba cómo afuera el padre sacaba las llamas del corral y cargaba a los burros con herramientas y material de construcción.

La familia Quispe no pertenecía a las más pobres del pueblo. A pesar de todo poseían dos burros y siete llamas, y con siete topos de tierra llevaban una vida cómoda. Su fundo quedaba en la calle principal Túpac Amaru, cuyo nombre provenía de un valiente antepasado inca.

Más de doscientos años atrás, Túpac Amaru había convocado a los campesinos para rebelarse contra los conquistadores españoles. A pesar de haberse enfrentado al combate con cien mil campesinos, fue derrotado y sentenciado a muerte en el Cusco. Cuenta la leyenda que los conquistadores españoles ataron sus extremidades a cuatro caballos para descuartizarlo. Al ver que Túpac Amaru resistió esta tortura se sintieron humillados y lo decapitaron. Hasta hoy Túpac Amaru representa al símbolo de la lucha de los indígenas por la libertad. En el Perú no existe pueblo o ciudad que no tenga una calle que lleve el nombre de este ilustre personaje.

Por la calle Túpac Amaru, que más parecía un sendero, se salía de Toro para llegar a la sierra. A Toro sólo se podía llegar en mula o a caballo, montando por horas, o también a pie utilizando dichos senderos.

Al fundo de Raúl Quispe se entraba por la calle Túpac Amaru. Como toda edificación en esta región, la vivienda estaba construida de adobe; así se llaman los ladrillos hechos de barro y secados al aire libre. La casa estaba situada al lado derecho del terreno y hacia la calle solamente se veía una pared sin ventanas. La luz del día entraba a la habitación principal, que de noche también servía de dormitorio, a través de dos pequeñas ventanas y dos puertas. El galpón que hacía las veces de almacén para la cosecha y otras provisiones formaba un ángulo recto con la casa y limitaba por detrás con el terreno del vecino. El cuartito de cocinar conectaba la casa con el galpón. Una pared de dos metros de altura cercaba todo el terreno cuadrado, tanto por el lado trasero, como por la calle Grau. En vez del techo de paja tan común en la región, los Quispe ya habían podido ponerse un techo de calamina. Pero aparte de este pequeño, lujo la casa de Don Raúl Quispe no se diferenciaba en nada de las otras viviendas.

Los habitantes de Toro podían estar orgullosos de poseer una cañería de agua. En todos los fundos había un caño de agua, mientras que en otros lugares las mujeres tenían que recogerla de los canales de regadío y transportarla en baldes a sus casas.

En Toro este arduo trabajo ya pertenecía al pasado. José se enorgullecía mucho de su padre por haber sido el promotor del plan de agua potable, que presentó al gobernador, obteniendo el dinero necesario para implementarlo. Hacía cuatro años que Raúl Quispe era el alcalde de Toro y uno desde su reelección. Su sueño, por el momento irrealizable, era traer luz eléctrica al pueblo. José sabía muy bien que vivía en un país muy pobre. Ni siquiera en las grandes ciudades había luz eléctrica y agua potable en todas las casas. ¿Por qué habría entonces de cambiar tan positivamente la vida en Toro, un pueblo serrano alejado de la costa, en tan pocos años?

José aún no tenía que levantarse. La escuela empezaba a las ocho. Alcanzaría de sobra levantarse media hora después de la salida del sol.

—¡Burro, asnu,corre,asnu!"

Oía a su padre arrear a los burros en el patio. Y luego ya no siguió escuchando el golpeteo de los cascos sobre el empedrado; tapándose hasta las orejas con su frazada se había vuelto a quedar dormido.

Un día en Toro tenía una duración de doce horas, igualmente la noche. En época de lluvia entre diciembre y marzo, oscurecía media hora más tarde ya que en el hemisferio sur era verano. Ahora en julio era invierno, tiempo de sequía. En los Andes las madrugadas y las noches eran heladas. Por lo tanto cada mañana se ansiaba ver los primeros rayos solares tocar las cimas de los cerros que emergían al sur de Toro. Ansiosamente se observaba también cómo el pueblo situado al otro lado del valle ya disfrutaba antes que Toro del calor y de la luz solar. Gracias a este sol que iluminaba el patio, se sentía una sensación reconfortante que atenuaba hasta la llegada de la noche la vida tan ardua de los Andes. El primero en disfrutar de los rayos solares matutinos era Renzo, un perro mestizo y lanoso. Se revolcaba en el polvo produciendo una nube blanca que emergía contra la luz del nuevo día. En el interior de la vivienda ya se percibían señales de vida. José estaba consciente de su rol de jefe de familia.

—¡A levantarse, levántense todos! —gritaba por la casa, corriendo de cama en cama, despertando así a sus cuatro hermanos. Ellos no se habían dado cuenta de la partida de los padres en la madrugada con la pequeña Elda.

No era necesario dar más instrucciones. Cada quien conocía sus deberes. Las niñas vestían al pequeño Jesús de cuatro años. José preparaba el desayuno; tiraba ramas a la brasa y se calentaba sobándose las manos sobre las llamas. Luego calentaba la sopa y el té. Alrededor del caño de agua en el patio se formaba un ajetreo. Había que estar presentable para ir al colegio. Cada uno se mojaba el cabello, se peinaba y así finalizaban su aseo matutino.

En realidad Toro no era un pueblo sin importancia. Poseía un kindergarten, una escuela primaria y secundaria. Desde los pueblos más dispersos y lejanos los niños tenían que recorrer caminos largos y agotadores para poder llegar a la escuela de Toro.

Con excepción de Jesús que aún iba al kindergarten, todos ya se habían puesto sus uniformes escolares. Para el colegio las dos niñas y Mauro no necesitaban más que un lápiz y dos cuadernos, uno para escribir y otro para matemáticas. Nadie podía correr con el costo de comprar libro alguno. El profesor solía hablar continuamente escribiendo lo más importante en la pizarra. Los alumnos se limitaban a copiarlo y aprenderlo de memoria. Esa era la manera de dictar clases. José poseía cuatro cuadernos ya que ya no iba a la primaria. Estaba en primero de secundaria con un horario tan extenso que necesitaba dos cuadernos más.

Juntos salieron del fundo. De la calle Túpac Amaru voltearon a la calle Grau que iba un poco en bajada. A esta hora sólo se encontraban alumnos por las calles. Todos los padres de familia ya estaban trabajando en sus chacras. Después de una cuadra llegaron a la calle Bolognesi.

Con un breve "chau" y un ademán de despido José siguió de frente, mientras que sus hermanos menores siguieron por la calle Bolognesi hacia el kínder y la escuela primaria, ambos locales situados en las afueras del pueblo. Ahí Mauro, Teresa, y Naty iban al segundo, tercer y cuarto grado.

Para José y sus hermanos realmente iba a ser un día normal y corriente. Los alumnos desfilarían con sus clases por el patio de la escuela, entonarían el himno nacional y luego se apiñarían de a tres y a cuatro en unas de las pocas carpetas de las aulas. Por la tarde harían algunas tareas y las dos niñas tendrían que ocuparse de Jesús. José y Mauro jugarían futbol con sus amigos en el polvoriento campo de fulbito de la escuela o tirarían a las palomas con sus hondas de piedras.

Al atardecer la madre prepararía la sopa de costumbre y el padre se reuniría con el consejo en la municipalidad. A más tardar a las siete y media empezaría a entrar la noche y con ella el frío. Todos buscarían el calor apacible de sus frazadas de alpaca y de los cuerpos con los que compartían sus lechos: Teresa con Naty, Jesús con su padre, la pequeña Elda con su madre y Mauro con José. En Toro entonces habría finalizado un día más, tal como los otros trescientos sesenta y cuatro del año.

2

Golpearon pesadamente al portón.

—¿Quién es? —preguntó José.

—¡El cartero! Una carta del gobernador de Cotahuasi. ¿Está el alcalde?

—¡Si, un ratito, ya viene! —respondió José.

¡Incluso el cartero llegaba hasta Toro! Aunque fueran solamente dos veces al mes. El padre de José abrió el portón y recibió la carta. Mientras que regresaba a la casa le echó un vistazo al mensaje que había llegado desde la capital de la provincia de La Unión. Mientras más leía, más serio se ponía su semblante. Parecía tratarse de algo muy importante. De la expresión preocupada de su padre, José dedujo que evidentemente algo relacionado con la carta lo confundía.

—¿Ha sucedido algo? —preguntó José cautelosamente.

—Tu mirada está rara, bien diferente.

¿No había escuchado su padre la pregunta? ¿O no quería escucharla? El Sr. Quispe entró a la casa y se dirigió a su esposa.

—La próxima semana tendré que ir a Cotahuasi. Hay un llamado a todos los alcaldes de la región; se trata de Sendero Luminoso.

José se asustó al ver que al escuchar ese nombre su madre se estremeció llevándose el mandil a la boca con ambas manos, como para acallar un grito. Él ya había escuchado hablar de los senderistas. Así se llamaban los terroristas peruanos de Sendero Luminoso. ¿Pero no ejercían sus fechorías estos terrucos sólo en Lima o en los Andes del norte, lejos de Toro? José no entendió del todo la reacción de su madre. ¿Por qué le habría dado tanto miedo? Todo lo que hasta ahora había escuchado referente a los terroristas no le había parecido más que un cuento de aventuras.

—¿Raúl, cuánto tiempo estarás ausente? —preguntó la Sra. Quispe a su esposo.

—No lo sé, uno o dos días, sin embargo espero estar de regreso ésta noche. —Contestó levantando los hombros.

—¡Papá¡ —interrumpió José—. ¿Me llevas contigo a Cotahuasi?

José no se pudo explicar cómo había tenido ésta idea tan repentina. De pronto se le había ocurrido, y la expuso al toque. Aproximadamente hacía siete años había estado en Cotahuasi. No se acordaba de nada. Sentía curiosidad; quería conocer el trajín de la vida en una ciudad.

—¡Por favor¡ —le pidió a su padre. —Me muero de ganas de acompañarte, ya estaré de vacaciones. El 19 de diciembre es la clausura, pero para el sábado ya habremos regresado, ¿no?

José no paraba de hablar, parecía muy entusiasmado con la idea de poder participar del viaje. Nunca antes le había dirigido tantas palabras a la vez a su padre.

—Bueno, si se te antoja tanto me puedes acompañar —decidió Don Raúl asombrado por el afán de su hijo.

Tanta era la alegría de José, que casi no podía esperar la llegada del día lunes. El domingo por la tarde lo pasó empacando sus cosas para el viaje. No eran muchas: una frazada, un plástico contra la lluvia, un pedazo duro de queso de oveja y cancha, el maíz tostado con el que se acompañaba al queso.

Padre e hijo iniciaron su viaje en la madrugada, cada uno con su atado a la espalda y jalando un burro con una soga. Para esta época del año, corría un aire helado. En dos semanas ya empezaría el verano. Los campesinos esperaban las lluvias en el altiplano, y en las cimas de los volcanes nevadas y hielo. Durante la época de sequía éste se derretiría y los canales de riego se llenarían de agua cristalina. Por el momento, sin embargo, las lluvias aún no se habían iniciado. La noche había estado clara y estrellada. Ahora que en la madrugada el paisaje recobraba sus formas y colores, la cruz del sur empezaba a palidecer.

Caminaban en silencio, uno detrás del otro porque el angosto sendero no les permitía andar juntos. Inmediatamente detrás de las últimas casas del pueblo empezaba el descenso hacia el valle por un sendero zigzagueante. Era un camino natural formado en el transcurso de los años por el trajín de miles de pies y cascos. Siguiéndolo José y su padre a veces tenían que cruzar escombros o escalar peldaños de piedra. Pasaban por bosques de cactus, bordeaban terrazas de cultivo y zanjas de riego. Bajando se ensanchaba el camino y culebreando rozaba por fundos solitarios, zigzagueaba a través de bosques de eucaliptos, a veces seguía por ranuras rocosas. Hombres y animales avanzaban tranquilamente, con pasos seguros, sin resbalarse ni doblarse los tobillos.

Ya habían caminado durante una hora. Abajo se veía correr el agua verdosa del río Ocoña. Desde las alturas se percibía su ruido monótono y distante. El aire era cálido, mucho más cálido que en Toro. José se quitó el saco y lo envolvió en su manta. A partir de ahora el camino los conducía por el borde del río. Se dirigían río arriba. Cierto que algunas nubes grises colgaban sobre el valle y se enganchaban por corto tiempo en las cimas de los cerros, pero luego se disolvían rápidamente hasta que volvían a aparecer nuevas. Parecía que habían traído sus plásticos en vano. Se podía observar el juego de luz y sombra en la falda del cerro al otro lado del valle, y cuando los rayos solares lograban abrirse paso por entre las nubes, las casas blanqueadas del pequeño pueblo de Charcana resplandecían como puntos luminosos.

—¡José, fíjate en las chacras ahí atrás!

Fueron las primeras palabras pronunciadas desde que habían iniciado el viaje tres horas atrás. Señalando hacia abajo, Don Raúl se refería al valle, que ahora se abría y se convertía en un oasis verde y frondoso.

—Ahí empieza Cotahuasi.

—¿Cuánto falta para llegar, papá?

—Una hora más o menos; tenemos tiempo de sobra, no necesitamos apurarnos para nada. Muchos de los otros alcaldes vienen desde más lejos. Todavía podemos hacer compras en la ciudad. Necesito cemento para los canales de riego.

Otra vez volvieron a quedarse en silencio. Mientras más se acercaban a Cotahuasi, el asombro de José iba en aumento al ver tantos campos de cultivo en forma de terrazas en las pendientes de los cerros. Así se podía aprovechar cada metro cuadrado. La tierra aquí era muy valiosa. El sol había disuelto las nubes matutinas y el valle se calentaba con sus rayos. La luz plateada se reflejaba en los techos de calamina. Qué valle tan fértil, pensó José. Se cultivaba cebada y maíz, trigo y cebollas. En los huertos florecían los árboles de durazno de color rosa, más atrás se extendían campos verdes de alfalfa y los capullos de los árboles de papaya difundían su perfume aromático. Aparecieron las primeras casas de Cotahuasi. No se diferenciaban mucho de las de Toro. Algo más grandes quizás. Recién al doblar hacia la plaza cambió el cuadro. A ambos lados de la calle se encontraban sencillas tiendas. Tocando la bocina los carros circulaban por las calles llenas de baches, pero asfaltadas. A lo largo de las veredas se encontraban pequeños restaurantes descubiertos atendidos por mujeres serranas. El olor a kerosene mezclado con el de frituras de carne y pescado se difundía por toda la plaza.

A José se le hacía agua la boca. Al darse cuenta de esto su padre dijo—: Vamos rápido a la municipalidad, tengo que averiguar a qué hora exactamente empezará la reunión. ¡Luego nos comeremos una buena trucha con papas fritas! —A José se le notaban las ganas de zamparse tremendo banquete.

La municipalidad se encontraba exactamente al lado opuesto de la plaza. Acortaron el camino, cruzándola por entre la sombra de los majestuosos árboles ficus que allí crecían.

—¡Hola Raúl! —Alguien gritó desde la entrada de la municipalidad—. ¿Cómo estás? ¡Cuánto tiempo sin vernos! ¿Qué tal la familia?

—¡Hola Pedro, qué gusto verte!

El Sr. Quispe y su viejo amigo se saludaron con un fuerte abrazo y a continuación intercambiaron comentarios sobre los acontecimientos ocurridos durante los meses pasados. Se trataba de Pedro Talavera, alcalde de Charcana, el pueblo que era el primero en recibir los rayos solares todas las mañanas. Se encontraba a una distancia de siete horas a pie desde Toro.

—¿Cómo van con el agua? —Se interesó el padre de José.

—De mal en peor; debería estar lloviendo desde mediados de noviembre, pero hasta ahora nada —respondió el Sr. Talavera confirmando así el temor de su amigo.

—El Solimaya ya casi no tiene nieve.

—Sí. Tendría que haber empezado a llover hace rato, si no se va a perder la cosecha —añadió don Raúl con un tono evocador. José escuchaba atentamente. Hacía tiempo que el agua era el tema principal de las conversaciones de los mayores. En las partes bajas de Toro algunos campesinos ya habían abandonado sus campos de cultivo por falta de agua.

—Sin embargo, compadre, hoy nos enteraremos de algo que nos causará mayor preocupación que el temita ese del agua —prosiguió comentando pensativamente el Sr. Talavera.

A José le hubiera encantado seguir siendo testigo de ésta conversación, pero don Pedro hizo a un lado a su papá tomándolo por un brazo. ¿Qué secreto se escondía detrás de todo esto y qué había inquietado tanto a su madre? Se preguntó José obstinado.

—José, vamos a comer la trucha —lo interrumpió en sus pensamientos don Raúl—, parece que hoy mismo podremos regresar a Toro.

Con extremo deleite saborearon una buena trucha acompañada de papas fritas y servida en una sartén inmensa.

—Aquí tienes diez intis. Compra algo de alfalfa para los animales y vente a las cuatro a la municipalidad Chau pues José.

Así se despidió el Sr. Quispe de su hijo, y entró a la municipalidad. José ató los burros a un árbol, le compró una brazada de alfalfa a una mujer sin dientes sentada entre dos bultos, y se sentó en la sombra para dedicarse a observar detenidamente el trajín de la ciudad.

De ninguna manera Cotahuasi era una ciudad tan grande como Arequipa, hacia donde justamente estaba partiendo un ómnibus cargado hasta el techo. Según lo aprendido al respecto en la escuela, la capital de La Unión contaba con 3.000 habitantes.

"Transportes Mendoza", leyó José, "Cotahuasi – Chuquibamba – Aplao - Arequipa". Detrás de las polvorientas ventanas del ómnibus, los pasajeros parecían grandes muñecos inmóviles sentados rígidamente. Llegar a Arequipa, la capital del departamento, tomaría de diez a quince horas por lo menos. Incluso podrían ser muchas más si el bus sufriera alguna avería durante el trayecto. Esto era bastante común, teniendo en cuenta que la carretera se parecía más a una calamina que a una pista. Tosiendo se prendió el motor, y con un claxon estremecedor el ómnibus desapareció envuelto en una nube de polvo y hollín.

Al percatarse de los postes de alumbrado público, José se detuvo a pensar que hasta luz eléctrica tenían aquí; la gente no tenía que acostarse con el sol como en Toro.

De un bar salía una música ensordecedora que invadía toda la plaza. Así que hasta aquí, o incluso a otras ciudades más grandes, planeaban venirse sus compañeros de promoción. Nadie quería quedarse en Toro. Quizás solamente heredando un fundo, pero ni así. En todo caso, él estaba contento de que su padre lo hubiera traído. Se sentía tratado como un adulto que podía asumir responsabilidades.

El reloj de la iglesia dio las tres y cuarenta y cinco; tranquilamente empezó a dirigirse en dirección de la municipalidad, siguió el letrero que señalizaba la sesión del consejo municipal y se paró enfrente de la puerta. Entonces escuchó una voz preocupada que decía: "Solo puedo resumir . . . terrorista. . . activos . . . al sur del departamento de Apurimac . . .asaltos . . Antabamba . . .dinamita . . . brutalidad . . . hay que tener en cuenta . . .infiltración de Sendero . . . del departamento de Ayacucho está confirmada. Les deseamos un buen viaje de regreso. ¡Que Dios los bendiga!"

A causa de la música y el rugir del tráfico, José solo pudo escuchar frases incompletas, y al escuchar el ruido de sillas, corrió rápidamente hacia donde estaban amarrados los burros. Su padre no debía enterarse de que había estado parando oreja.

—¡Hola! —dijo su padre con una expresión confundida—. Cargaremos a los burros con las bolsas de cemento y partimos al toque.

Al abandonar Cotahuasi, un lado del valle ya estaba cubierto por la sombra que echaban los cerros. A pesar de su pesada carga los burros caminaban por delante animadamente. Antes de que entrara la noche tendrían que haber logrado dejar atrás la parte más larga del camino. Don Raúl estaba incluso más silencioso que en la mañana. José por su parte trataba de poner en orden todas las impresiones de la jornada. Más que nada sus pensamientos rondaban la conversación incompleta de la que había sido testigo. Padre e hijo no cruzaban palabra alguna. Sólo se escuchaba aisladamente un —¡burro, asnu! —El viejo Quispe tiraba de su burro absorto, con la mirada fija en el camino.

El sol ya se había escondido detrás de los cerros. Solamente las cimas recibían todavía la luz rojiza del sol poniente. Al emprender la empinada subida hacia Toro, unas ráfagas heladas les cortaban la cara a los viajeros. José sacó su saco; ahora sí que empezaba a sentir la fatiga del día.

En Toro todo estaba tranquilo. Ni una luz, nadie. Solo la oscuridad. Seguro que todos dormían. Cuidadosamente abrieron el portón. Sin embargo, una vez dentro, en vez de tranquilidad los esperaban la inquietud y la preocupación que repentinamente pusieron fin a su silencio.

—¿Qué ha sucedido, Juliana? —preguntó Don Raúl a su esposa.

—Mauro se ha caído, su brazo está roto aquí —le respondió señalando el antebrazo izquierdo—. Ha venido Yupaychana, le va a ayudar.

El Sr. Quispe se tranquilizó. El hospital más cercano en el que hubiera podido ser atendido Mauro, quedaba a dos días de un viaje dificultoso. Sin duda, Mauro estaría en buenas manos ahora con Yupaychana. Era una de las mujeres más ancianas del pueblo y una experta en el conocimiento del poder curativo de hierbas y polvos secretos. Yupaychana significa "La Honorable".

El saludo de José se había perdido en el tumulto.

—¡Hola Mauro, qué tal! ¿Te duele algo? —le preguntó a su hermano menor.

Mauro asintió entre lagrimones que mojaban sus mejillas—. Yupaychana te ayudará; ella es mejor que cualquier doctor, puede hacer milagros —trató de consolar a su hermanito.

La vivienda estaba iluminada por velas, y la anciana curandera se ocupaba en eviscerar y despellejar una culebra que se había conseguido en la tarde después de que la llamaran los Quispe. El animal medía por lo menos medio metro. Luego trató de filetear la carne.

—¡Juliana, una fuente y dos huevos! —ordenó.

Los niños observaban absortos.

En el batán de la cocina, el cual servía normalmente para moler hierbas, Yupaychana machacó la carne de la culebra junto con dos huevos y varias hierbas y mezcló todo hasta obtener un ungüento pastoso.

—¡Bueno Mauro, muéstrame el brazo roto!

Con cuidado y una mirada miedosa el niño le estiró su brazo. Estaba bastante hinchado pero afortunadamente no doblado. Su madre sujetó el brazo y Yupaychana sin advertencia tiró de la mano repentinamente para reponer el hueso. Mauro chilló como si le hubieran desgarrado el corazón. Luego la curandera embadurnó el brazo con la pasta verde.

—Ya no te va a doler, hijito —tranquilizó al niño—. La mezcla se pondrá dura como una piedra, las hierbas curan y quitan el dolor. Ahora lo envolvemos todo con la piel de la culebra, listo—. Y a Juliana le dijo—: El vendaje se tiene que quedar por cuatro semanas, tiene que poner el brazo en una venda.

—Gracias por venir Yupaychana, Raúl te pagará.

Poco a poco todos se tranquilizaron. Los niños se habían ido a dormir. Don Raúl informó a su esposa sobre lo acontecido durante el día en Cotahuasi. Hablaba en voz baja para que no se enteraran los niños. Ninguno de los dos pudo conciliar el sueño. No se podía decir que el alcalde había traído buenas noticias desde Cotahuasi.

3

Demasiado tarde se había iniciado la época de lluvias. Recién ahora, a principios de febrero, el cielo sobre el altiplano empezó a cubrirse de pesadas nubes grises que soltaban una lluvia abundante para luego envolver al valle en su densa neblina. Toro parecía más triste que de costumbre. El agua goteaba continuamente de los techos de paja sobre la calle, como si se tratara de perlas desprendiéndose de una cuerda. De los techos de calamina caían pequeñas cataratas que llenaban las grietas y ranuras de la tierra que el agua había formado con su trabajo continuo e inagotable. No se veía ni un alma en el pueblo.

Los campesinos habían esperado ansiosamente la llegada de las lluvias. En Agosto se habían sembrado los campos de cultivo. Ahora las chacras deberían cuidarse, pero casi nada había crecido. El hielo que cubría las cimas de los volcanes se había encogido de tal manera que solo quedaban unos restos dispersos. La poca agua proveniente del deshielo solamente había podido hacer germinar pequeñas plantas que asomaban por entre las grietas de la tierra.

La pequeña tienda de la plaza estaba abierta, pero la anciana detrás del rústico mostrador no había podido hacer ningún negocio durante la mañana. Tejía sentada, observando fijamente caer la lluvia. De pronto se incorporó. Le pareció oír pasos que interrumpían el ritmo monótono con el que caían las gotas de agua. Un hombre venía atravesando la plaza. Un plástico celeste atado con un cordel de lana alrededor de su barriga lo protegía rudimentariamente del intenso aguacero. Al caer sobre el plástico, las gotas producían un ruido más claro que al caer sobre el empedrado de la calle. El desconocido parecía tener treinta y pico años y su semblante era el de un serrano: bajo, moreno, de cabellos negros y con rasgos marcados gracias a sus pómulos protuberantes.

—Buenos días señora —saludó brevemente—, ¿dónde vive el alcalde?

—Una cuadra más allá —respondió la vendedora señalando hacia la derecha— Calle Túpac Amaru 301, la casa en la esquina con la calle Grau —y luego de una pausa—: ¡Qué clima te has traído pues, señor!

El forastero se dirigió hacia la dirección señalada evadiendo así una presunta conversación—: Gracias, adiós —se despidió.

Asombrado el Sr. Quispe abrió un poco el portón. Era inusual recibir la visita de un desconocido en un día como éste.

—Buenos días —dijo el hombre— ¿vive aquí el alcalde de Toro?"

—Sí —contestó el Sr. Quispe desconfiado—. Yo soy el alcalde, qué hay?"

—Me llamo Mariano, Mariano Mamani, vengo desde Lima, ¿me permite entrar? Se trata de un negocio.

Recién ahora el alcalde abrió del todo el portón e hizo pasar al hombre.

—¡Entre! No se puede negociar en la lluvia. —Se rieron sin compromiso, mientras que el Sr. Mamani se despojaba del plástico.

—Buenos días señora, disculpe Ud. Que yo...

—Buenos días, no se preocupe, está bien —lo interrumpió la señora Quispe. Se retiró con los chicos dejándoles la mesa a los hombres. Desde un estante crujía y gemía una radio portátil. Una antena rudimentaria hecha de un alambre torcido y oxidado no lograba mejorar en nada la sintonía. Solamente se escuchaban algunas ráfagas musicales.

—¡José, vete a la plaza y tráete unas chelas de la vieja!"

Se apresuró en ir a la tienda, ya que de todas maneras quería saber a qué había venido desde tan lejos a Toro éste forastero algo extraño.

—Un limeño, negociante de ganado está buscando alpacas y llamas. Las compra para su criadero, por lo tanto tienen que ser animales de primera. Desde hace quince días estoy viajando por La Union y Condesuyos. Ayer estuve en Charcana, a propósito, el alcalde Talavera le manda saludos."

Éste saludo de su amigo desde el otro lado del valle, hizo que se desvaneciera esa desconfianza tan innata en los indios.

—Gracias —contestó Don Raúl— . ¿Ya tuvo usted éxito en sus asuntos?

—No es fácil encontrar animales fuertes, ya tengo cincuenta en expectativa. Usted como alcalde sabrá quién cría los mejores animales en el pueblo.

Así que ésta era la razón de su visita. No cabía la menor duda que se trataba de un perito. Conversaron sobre el mejoramiento de razas, sobre la calidad de los pastos en el altiplano, sobre los precios de la lana de alpaca y de llama.

José, tirado sobre su catre, hojeaba una revista viejísima de chistes. Conocía de memoria las aventuras de Condorito. Afuera seguía lloviendo a cántaros. A pesar del tamboreo de las gotas sobre el techo de calamina, se esforzaba en seguir la conversación de los dos hombres. El señor Quispe disfrutaba poder intercambiar experiencias con alguien de la capital.

—Hace tres años no recibíamos nada por la lana —se quejó.

—Fue una catástrofe para los campesinos —asintió el señor Mamani—. ¿No es cierto que la situación ha mejorado desde que el presidente Alan García está protegiendo los productos peruanos de las importaciones extranjeras?

El señor Quispe asintió con la cabeza.

—Es una suerte para nosotros que el APRA haya ganado las elecciones presidenciales. ¡Yo soy aprista! —Se enorgulleció golpeándose el pecho—. Si no fuera por el APRA estaríamos sin agua. ¡Ni pensar si hubieran ganado los partidos de los blancos y ricos!

Estaban de acuerdo, tanto en el ámbito político como en lo relativo a la agricultura. Esto conllevó a que la conversación se desenvolviera dentro de un margen más amplio de confianza. La cerveza por su parte aportó su ayuda.

—Son un pueblo grande, incluso tienen una escuela —prosiguió el señor Mamani.

Al querer responder el alcalde repentinamente titubeó dirigiéndose hacia la radio bulliciosa. Algo había despertado su interés. Subiéndole el volumen trató de entender lo que decía una voz ronca que salía del vetusto altoparlante: "….nuevo atentado de Sendero Luminoso. Un grupo de terroristas asaltó anoche un tren cargado de estaño que circulaba entre La Oroya y Lima. Obligaron al conductor y a sus ayudantes a abandonar la locomotora amenazándolos con sus ametralladoras. Soltaron los frenos y el tren empezó a desplazarse pendiente abajo; alcanzando así una gran velocidad; el descontrolado tren finalmente se descarriló en una curva entre Chilca y San Mateo. Las dos locomotoras cayeron a un precipicio. Un puente fue parcialmente destruido por los vagones de carga acoplados. La línea del tren tendrá que permanecer interrumpida por los próximos meses. El daño material ocasionado a la línea estatal llega aproximadamente a los 100 millones de dólares. Debido a la baja en la exportación de estaño, el gobierno espera aun un daño mayor en toda la economía de exportación. Menos mal que no hay víctimas que lamentar en éste atentado…" Pensativo el señor Quispe apagó la radio.

—¿Adónde conducirá todo esto? —le preguntó al señor Mamani—. Con sus bombas y atentados Sendero quiere destruir nuestro país.

—Usted tiene toda la razón —asintió el limeño—; además siempre son los más pobres los que tienen que pagar el pato. Los ricos hace rato que han sacado su dinero del país, a Miami o quién sabe a dónde. Pero si el país se ve imposibilitado de exportar, le faltará el dinero para poder construir colegios para los pobres o para velar por su salud. Las postas médicas no pueden ser gratuitas, pues.

—Qué futuro puede tener un joven aquí, si luchando contra Sendero es herido o pierde un brazo o una pierna? ¿Incluso como hombre sano e íntegro no se le hace fácil conseguir una chamba; cómo será pues de inválido? ¡Imposible!" —concluyó el señor Quispe con amargura—. Los senderistas atacan a un pueblo por aquí, por allá bombardean un puesto policial, a cuántos alcaldes y ministros les ha costado ya la vida. ¡Pobre Perú! —suspiró.

Don Mamani trató de levantarle el ánimo:

—Deben de estar agradecidos de vivir tan lejos de Lima. Por lo menos aquí están seguros. ¿Pero en Lima? Ahí en cada momento puede estallar un autobomba. Aquí el mundo todavía está en orden.

Don Raúl asintió—: Gracias a Dios, todavía vivimos en paz. Tenemos qué comer, tenemos casa, nuestro fundo. ¡Somos un pueblo importante y más que nada un pueblo aprista! Tenemos un director de escuela y un juez de paz, todos apristas. ¡Todos son partidarios de nuestro presidente Alan García y de su partido, la Alianza Popular Revolucionaria Americana! Él combatirá exitosamente al senderismo.

El señor Quispe se levantó y apresuradamente se dirigió hacia la fotografía enmarcada que mostraba al presidente de la república llevando la banda de los colores nacionales rojo-blanco-rojo. Realmente los sucesos en Lima estaban muy distantes del pequeño pueblo de Toro situado en las alturas de los Andes.

Ya era tarde. Los fundos se hundían en la oscuridad. La lluvia perdía fuerza.

—Amigo Mamani, puedes pernoctar en la municipalidad. En los altos del salón comunitario se encuentra una habitación con tres camas, deberían alcanzarte.

Ambos se rieron ya con más confianza. —Claro. ¡Muchas gracias! Mañana temprano hablaré con los campesinos. Luego tengo que viajar a Cotahuasi. Tengo que entregarle un reporte interno a mi jefe en Lima.

El alcalde acompañó a su invitado. Fueron a la plaza. Subiendo una escalera por la parte exterior de la municipalidad se llegaba a una galería desde la cual tres puertas conducían a tres habitaciones.

—Aquí puedes dormir. Al lado se encuentran los documentos de la comuna y la oficina del juez de paz. Pero esto seguro no ha de molestarte ésta noche.

—Gracias, buenas noches y hasta mañana— se despidió el señor Mamani.

Al día siguiente el alcalde le ordenó a su hijo mayor de ir a la municipalidad para invitar al limeño a tomar desayuno. Un plato de sopa lo estaría esperando.

José regresó agitado—. ¡Papá, papá, se ha ido, la habitación está vacía!

—Qué raro que el Sr. Mamani se haya ido sin interesarse por los animales. ¿No había venido expresamente a eso desde tan lejos? ¡Bastante raro!

4

—¡Oye Teresa, mira qué bien puedo hilar!— dijo Naty orgullosa y tiró el huso hacia delante, dándole una fuerte torsión al tiempo que rasgaba y desenredaba con sus finos y ágiles dedos la lana de una madeja que llevaba bien apretada al cuerpo con el brazo.

Teresa la observaba admirada.

—A ver, déjame a mí— exigió.

—No lo vas a lograr— se regocijó su hermana mayor con un ademán de superioridad— ¡Pero bueno, si tanto insistes, inténtalo!

Con dificultad Teresa trató de poner orden a sus dedos, al huso y a la lana. Realmente no es tan fácil como parece, pensó. Naty sonrió malévolamente. Teresa giró el huso, pero en vez de arremolinarse de abajo hacia arriba a lo largo de la hebra, cayó pesadamente al polvo.

—Lo sospeché —se entusiasmó Naty, decepcionando aún más a Teresa. Con mala cara ésta le entregó las manualidades a su hermana, pero cuando iba a volver a la casa se escucharon de pronto alegres risotadas, chillidos y griterías que invadían al patio a través de la pared.

El arte del hilado quedó olvidado. Salieron corriendo a la calle en donde toda la juventud del pueblo se había reunido. Un personaje masculino de extraña apariencia estaba entrando al pueblo; llevaba puesto un poncho inusualmente largo que le llegaba hasta los zapatos y un sombrero al estilo mejicano decorado con una larga pluma de colores. Iba jalando una mula con un monito sentado sobre la montura. Algo así nunca antes se había visto en Toro. Ni perdiéndose alguien llegaba a Toro. Hace dos meses había venido ese hombre de Lima, y ahora este viajero tan extraño.

Naty y Teresa se unieron a esta procesión bulliciosa. José ya estaba sumergido en ella. Se abrieron paso hacia él.

—José, ¿quién es?— preguntaron más gritando que hablando, ya que con la bulla no se entendía palabra alguna.

—Un cu-ran-de-ro— contestó, formando la palabra con sus labios de tal manera que ya no era necesario escucharla.

—¿Qué? ¿un curandero? —repitieron con grandes ojos llenos de duda y curiosidad.

Como un relámpago había corrido por el pueblo la noticia de la llegada de ese raro personaje, que se dirigió por la calle Túpac Amaru a la plaza, en donde ya lo estaban esperando muchos aldeanos. Dada la monotonía cotidiana del pueblo, nadie quería perderse el espectáculo.

Bajo la sombra del venerable y viejo árbol bajo el cual desde generaciones atrás los aldeanos se reunían para el parloteo dominical, el personaje impuso silencio levantando ambos brazos y con voz solemne dijo:

—Buenos días damas, caballeros y niños del pueblo de Toro, me llamo Domingo Sayritúpac Asqui y pretendo liberarlos de sus enfermedades por veinte intis. Si hay alguien que quiera ser curado, que se consiga un cuy y un buen amigo. Los trataré en su propia casa.

Mientras hablaba, el monito hacía piruetas sobre su hombro. Lo alimentaba con maní, cuya cáscara el animalito tiraba con ganas a la multitud, para deleite de los niños. La gente ya no le importaba. Al observarlo, los invadía un estremecimiento helado. Lo envolvía un aura misteriosa y distante. José y sus hermanas permanecieron en la plaza. Se morían por saber quién se haría tratar por el curandero.

—¡José, José! —se oyó gritar por toda la plaza. Era Alberto, su amigo y compañero de clases que venía corriendo agitado.

—¿Quieres presenciarlo?

—¿Presenciar qué? ¿De qué se trata? —preguntó José desconcertado.

—Al curandero. Mi mamá lo ha citado para que haga desaparecer esta erupción purulenta de mi cara.

Desde hacía un año Alberto sufría de eso. Desde que su voz se había vuelto ronca y áspera, le habían brotado varios granos en la cara. Apenas sanaban unos, la piel en otro lugar se enrojecía y empezaban a florecer otros. Se volvían purulentos y dejaban cráteres en la piel. Ni Yupaychana con sus hierbas, ni los ungüentos que le habían recetado en la farmacia de Arequipa habían podido aliviarlo.

José entró a la casa de Alberto. En todas partes ardían velas, como si se hubiera muerto alguien. Era un ambiente lúgubre. Sobre una mesita se encontraba un crucifijo. A nadie le molestaba que Cristo presenciara un acto pagano. Todos aquí eran católicos bautizados y los niños recibían instrucción católica en la escuela, pero el sacerdote más cercano vivía lejos, en Cotahuasi. La mezcla de cristianismo con paganismo conducía aquí en los Andes a una creencia religiosa muy especial.

—¡Los saludo! —dijo con voz de trueno, y solemnemente prosiguió—: ¿A quién liberaré de su mal?

—¡A mí! —susurró tímidamente Alberto. Su coraje de colegial se había esfumado. Desconfiaba del asunto: ahí había gato encerrado.

—¡Quítate la camisa y siéntate en este banco aquí al centro! —le ordenó el curandero. Sacando una botella de un bolso, tomó un gran sorbo y la colocó luego majestuosamente sobre la mesa. Se percibió un suave y delicado olor a pisco dulce, que por un momento ahuyentó el tufo a miseria.

—Es agua de San Pedro. Me ayuda a contactarme con los espíritus. De su bolso extrajo hojas de coca que empezó a distribuir alrededor de Alberto, entonando al mismo tiempo un canturreo monótono para invocar a los Santos.

—¡Santa María, San Pedro y Pablo y todos los santos del cielo! ¡Por las almas de mi madre, de mi padre, por las almas de mi abuela y de mi abuelo, llénenme una vez más de fuerza curativa!

—¿Dónde está el cuy?— preguntó Domingo Sayritúpac con su voz de bajo vibrante.

—Aquí en la canasta está el cu…cu..cuy —titubeó la señora Pacheco, madre de Alberto. Casi no podía respirar, tan grande era su nerviosismo.

Después de extraerlo cuidadosamente de la canasta, el curandero pasó al cuy delicadamente por encima del cuerpo del paciente. Alberto temblaba. Sus manos estaban húmedas. Durante todo este procedimiento se escuchaba gemir lastimeramente al animalito, pero de pronto enmudeció. De un solo tirón el curandero le había volteado la nuca. Depositó al animal muerto sobre la mesa y empezó a abrirle el vientre con una navaja de afeitar. Los intestinos brotaron del pequeño cuerpo. La sangre corrió por la mesa y goteó al polvo. Absorto el curandero se concentró fijamente en el pequeño cuerpo abierto, y empezó a observar el estómago, el hígado el intestino y los demás órganos con tal mirada mágica que parecía que estuviera leyendo en un libro misterioso.

—Son las glándulas sebáceas Las glándulas sebáceas están enfermas— dijo tranquilamente.

La madre de Alberto sonrió satisfecha. Sin embargo su sonrisa se esfumó al volverse a inclinar el curandero sobre el cuerpo abierto del cuy. Extrajo los intestinos y rellenó al vientre con hierbas. Cerró la herida con espinas de cactus. Luego encendió un cigarrillo y lo introdujo en el hocico del animal.

—Si el cigarro se apaga antes de llegar al hocico, tu erupción se mantendrá. Si recién se apaga en el hocico mismo, tus glándulas sanarán.

Llenos de tensión todos fijaron la mirada preocupados en el cuerpo inerte del cuy. Echado de espalda con las patas extendidas, sujetaba al cigarrillo entre sus incisivos; aún no se apagaba. Ondulado emanaba el humo del hocico. ¿Lograrían los espíritus hacer desaparecer la erupción cutánea de Alberto? Alberto sumamente intranquilo sudaba la gota gorda. Lentamente transcurrían los minutos, tan lentos como nunca antes en su vida. La pequeña torre gris de ceniza indicaba que ya había ardido más de la mitad del cigarro. Solo faltaba un centímetro.

—¡Se logró, que viva, se logró! Desaparecerán por fin todos mis granos! —gritó Alberto alegre, levantando los brazos, al ver que emanaba humo del hociquito del cuy.

—¡Entiérralo en la esquina del jardín más cercana a la iglesia! —fue la última orden que dio el curandero Sayritúpac. Empacó sus cosas, cobró su sueldo y se marchó. En la puerta ya esperaban varios lugareños impacientes, que igualmente habían volcado sus esperanzas en la fuerza curativa de este hombre.

El único en asombrarse al día siguiente, fue Don Raúl Quispe. Tal como el negociante de ganado, había desaparecido de pronto también el curandero. Esto no les causó mayor interés a los lugareños. Por naturaleza los curanderos son personajes extraños. Algunas familias lo habían hecho pasar a sus viviendas, pero luego desapareció como tragado por la tierra. Nadie lo había visto, con nadie había conversado sobre la ruta de su viaje. Lo único que pudo averiguar el alcalde, fue que había sido visto por última vez en el mismo lugar en cual había aparecido por entre la lluvia Don Mamani, el comerciante de ganado: el sendero que conducía a Toro desde el altiplano.

5

Volando majestuosamente, el cóndor dibujaba círculos frente a la ladera rocosa del abismo. Abajo en las profundidades dormitaba el pueblo de Toro, con su monótono ritmo de vida. Ya nadie hablaba del curandero. La erupción cutánea de Alberto no había desaparecido del todo, sin embargo parecía que ese hombre extraño había podido llevarse consigo algunos de esos granitos.

Parecía que Inti, el dios del Sol, por fin se había acordado de todos los sacrificios hechos por los antecesores de los indios, siempre durante el mes de Pachapucay, nombre con el que hasta ahora se referían al mes de marzo. Dos meses enteros casi no habían aclarado los días, debido a tantas nubes y a tanta lluvia. Contaban que incluso las faldas de los volcanes sagrados que majestuosamente se elevaban sobre el altiplano, estaban cubiertas de hielo y nieve. Era un alivio para los campesinos, ya que gracias a esto tendrían suficiente agua para el riego de la siembra.

Toro se había despojado del color marrón, por el que había estado cubierto los últimos meses. Ahora parecía una alfombra de colores. De colores también maduraban los frutos en los campos: El maíz se presentaba entre verde y amarillo, la alfalfa de verde intenso, la quínoa lucía diversos matices, desde un rojo vivo hasta un marrón oscuro. Ya era mayo, había llegado el tiempo de cosecha.

Pero antes de que se iniciara la ardua labor de cosecha, había que celebrar una fiesta, que en importancia ocupaba el segundo lugar después de las fiestas patrias: el día de la madre.

Durante varias semanas anteriores a esta fecha, los niños ya habían empezado a preparar un programa en la escuela. Unos cursos ensayaron danzas, otros prepararon pequeñas obras teatrales o memorizaron poemas. Todos esperaban ansiosamente el día de la presentación. Durante la tarde el pueblo pareció muerto. Incluso los más ancianos habían bajado sin vacilar hasta la escuela primaria. El patio había sido transformado en algo parecido a un escenario. Una lona cubría el auditorio. Los niños se sentaron en el piso, los adultos en las sillas sacadas de las aulas.

—¡Queridos padres de familia, querida juventud de Toro! —saludó solemnemente a la comunidad el Señor Delgado, director del colegio. —Hoy es el día del año, que solamente está dedicado a todas ustedes, estimadas madres de Toro. Es el día en el que les agradecemos por todo el esfuerzo y el trabajo que desempeñan en sus familias. Todos sabemos que especialmente las madres son las que cargan con la mayor responsabilidad. Con dolores traen al mundo a sus hijos, los crían y educan, se preocupan por la juventud que representa al capital de nuestro querido Perú, hoy y en el futuro.

Un fuerte aplauso acompañó las palabras patrióticas del señor Delgado. La señora Quispe estaba sentada junto a sus amigas. Las mujeres lucían sus mejores atuendos típicos regionales. Elegantemente vestidas conversaban amenamente. Disfrutaban de este día, en el que por única vez al año la atención del pueblo entero se volcaba sobre ellas.

—En este día festivo hemos preparado un pequeño programa en su honor, que sus hijos les van a presentar ahora. ¡Que lo disfruten! —Con una venia el señor Delgado finalizó su discurso.

Música popular emanaba de un tocacassette de pilas. Algunos niños bailaban disfrazados. Orgullosas las madres disfrutaban de la presentación. Nuevamente el señor Delgado hizo uso de su megáfono:

—Me permito anunciarles ahora el momento crucial del evento: La pequeña Naty, hija de nuestro honorable señor alcalde, va a declamar un poema dedicado a todas las madres. ¡Por favor un aplauso fuerte para Naty Quispe!

Evidentemente asombrada y desconcertada, la señora Quispe recibía palmadas de reconocimiento en el hombro por parte de sus amigas.

Naty subió al escenario y haciendo una venia hacia el público, empezó—:

SOLEDAD
CUANDO EL DÍA CANSADO SE RETRAE
Y EL MIEDO AL CORAZON INVADE
BUSCO TU CERCANÍA.
CUANDO ME TOMAS POR LA MANO
Y………

Un estallido ensordecedor interrumpió la declamación, poniendo brutalmente fin al ambiente festivo. La gente se quedó paralizada. Luego siguió una segunda detonación de igual intensidad. Los ecos del estruendo retumbaron en las laderas de los cerros de enfrente. Como si se tratara de una corte penal enviada por los dioses, la gente aterrorizada fijó la mirada en las montañas. Las voces se atolondraron por doquier. ¿Se trataba de la erupción de un volcán? ¿Era un terremoto?

Llenas de pánico, las madres corrían por el patio buscando a sus hijos. Éstos clamaban por ellas, se caían, lloraban y gemían. Los más pequeños, que momentos antes habían estado observando con grandes ojos los bailes desde las faldas de sus madres, balanceándose al ritmo de la música, ahora se escondían bajo las polleras.

—¡Rápido, suban al pueblo, corran lo que puedan! —El señor Quispe trató de calmar el pánico. Como el edificio del colegio estaba de por medio, no se podía divisar el pueblo desde el campo ferial. Los hombres se apresuraron a llegar al campo deportivo que quedaba al otro lado del edificio. Al ver que un humo negro se elevaba desde el centro del pueblo, se petrificaron sus semblantes.

—¡Se quema la municipalidad! —gritaban unos; otros, horrorizados, no estaban en condiciones de articular palabra. Las llamas salían visiblemente de una construcción. Mientras tanto llegaron las madres con sus hijos. La mayoría de ellas se aferraban llorando a los atados con sus bebés.

—¡Tenemos que apagar el fuego, si no se va a quemar todo el pueblo! —Chillaba la gente asustada. El único que mantenía el control, era el alcalde. Pero de un momento a otro una idea fulminante atravesó sus pensamientos — "¡Sendero Luminoso!" —Fue lo único que pudo susurrar.

Los que escucharon sus palabras, lo enfocaron con bocas y ojos espantadamente abiertos. Las caras morenas empalidecieron—. ¿Qué? ¿Terroristas? ¿Sendero Luminoso? ¡Que Dios nos ampare! —Este nombre era sinónimo de una verdadera catástrofe, significaba peligro de muerte. Por mucho que el señor Quispe hubiera bajado la voz al pronunciar estas dos palabras, todos las habían podido percibir. Bastaba solamente el movimiento de labios, para poderlas descifrar sin dificultad. Las mujeres se lanzaron sobre los niños, sin que éstos se percataran del peligro que los estaba amenazando. Solamente advirtieron que ese miedo abismal que sentían sus madres se estaba apoderando de ellos. Muchos lloraban, preguntaban y pensaban que había llegado el fin de sus días.

—¿Por qué Dios nos castiga?

—¿Por qué nos azota?

—¡Pobre nuestro pueblo!

—¡Es el fin de todo!

—¡Virgen Santísima, vela por nosotros!

Gritos, llanto, preguntas, quejas. Se produjo un inmenso alboroto. Nadie entendía al otro. Algunos trataban de ampararse en sus viviendas, mientras que otros buscaban esconderse de los terroristas corriendo hacia los campos. Se encontraban desamparados y desorientados. El miedo que los invadía no era comparable a nada sentido anteriormente.

La salva de una ametralladora traqueteó por el aire. La gente enmudeció de una manera tan rápida, como antes había estallado en pánico. Se dieron vuelta en silencio. Por detrás del colegio aparecieron unos personajes armados hasta los dientes. Sus caras estaban cubiertas por pasamontañas. Despacio se acercaron hacia la gente desesperada. Una segunda salva los llenó de polvo.

—¡Todos a la plaza! —ordenó uno de ellos bruscamente.

Un niño empezó a llorar.

—¡Cállate el hocico! —le gritó uno de los terroristas, y gruñendo se dirigió a la madre— ¡Cállalo, sino lo hago yo, y será para siempre!

La madre le tapó la boca al niño—. ¡Cállate, hijo, por el amor de Dios, cállate! —suplicó al pequeño.

José había buscado la cercanía de su padre. Tomó su mano con un fuerte apretón—. Tenemos que ser muy valientes ahora, Joselito —dijo a su hijo, apretándolo fuertemente como nunca lo había hecho antes.

—¡Muévanse hacia la plaza, caramba, por aquí! —gritó uno con voz estrepitosa— ¿Es que no conocen su propio pueblo? —Se burló otro.

Don Raúl se asombró de que los terroristas se orientaran tan bien en el pueblo. Después de que los campesinos llegaron a las primeras casas, habían intentado tomar un desvío hacia la plaza, para así poder fugarse inadvertidamente al interior de sus fundos. Lamentablemente la manera tan determinada de actuar de los terroristas imposibilitó este intento. Todos tuvieron que subir por la calle Bolognesi para luego doblar a la calle 28 de Julio que conducía directamente a la plaza. Nadie había pensado que la desesperación que los invadía podía aumentar aún más. Se dieron cuenta de ello al llegar a la plaza. Allí los estaba esperando un segundo grupo de terroristas, que acababa de dinamitar la municipalidad, la cual estaba siendo consumida por el fuego. Las paredes habían sido derrumbadas. El techo estaba hundido. Copos de ceniza caían bailando del cielo. El señor Quispe presintió lo peor. ¿Habrían los terroristas destruido todos los documentos del pueblo y de sus habitantes, tal como ya lo habían hecho a propósito en otras comunidades? Trozos de papeles carbonizados caían flotando hacia el suelo. En uno de estos pocos fragmentos, el señor Quispe logró descifrar las palabras: "Partida de Nacimiento."

El fuego ya había invadido incluso la pequeña tienda situada al costado de la municipalidad. Al advertir la anciana que todas sus pertenencias estaban siendo devoradas por las llamas, empezó a gritar y a llorar como loca. Golpeándose el pecho con el puño y apoyada en su bastón se dirigió directamente hacia el fuego.

—¡Oye vieja! —le gritó un senderista, atravesándose en su camino—. ¡Aquí te quedas! Ya no hay nada que salvar.

Por debajo de su pasamontaña negro, se podía adivinar su sonrisa malévola—. Pero no te preocupes, vieja maldita, porque ya hemos rescatado todos los comestibles.—Se rió—. Tu choza te la podrás reconstruir tú misma.

A continuación ordenó a hombres, mujeres y niños sentarse en un semicírculo bajo el viejo árbol. El crujido de las vigas ardientes acompañaba esta tragedia de final impredecible.

—Nuestro comandante les dirigirá ahora unas palabras —les anunció un senderista con gran variedad de ademanes, corroborando así la importancia de sus palabras.

—¡Campesinos, agricultores, compatriotas! —Inició su discurso el dirigente de los terroristas— hemos venido a Toro para liberarlos de la represión y de la explotación de las que han sido víctimas durante años. Por eso es que hay una revolución del pueblo, y ustedes los campesinos van a ser la fuerza necesaria para impulsar esta guerra popular.

Con cada palabra se auto-convencía de sus visiones políticas. En cada sílaba se reflejaba la misión a la que estaba entregado. El apasionamiento por la causa invadía cada fibra de su cuerpo. Los campesinos sin embargo, rendidos a su suerte, se encontraban sentados como hipnotizados. Durante siglos enteros, los indios habían aprendido a tolerar. Bajo el reinado de los incas, bajo la represión de los españoles y bajo todos aquellos que siempre habían pretendido traerles la libertad. Y ¿qué había sucedido con Túpac Amaru, su símbolo de libertad? ¿De qué manera los campesinos podrían afrontar ahora este ataque a su apacible pueblo, y esta violencia con ametralladoras? Como de costumbre y sin ningún signo de rebelión o de protesta, una vez más se resignaron a aceptar lo que según ellos el destino les tenía previsto: nuevamente humillación, sufrimiento, nuevamente dolor y muerte.

La mayoría de ellos estaban tan aterrados, que no estaban en condiciones de darse cuenta de lo que sucedía en su entorno. Apáticos y petrificados permanecieron sentados en cuclillas. Chisporroteando salió una llama de una casa en la calle Túpac Amaru. En los doscientos pares de ojos se reflejó la ráfaga de luz brillante.

A pesar del alboroto reinante, José permaneció tranquilo y atento. Las palabras del comandante le habían llamado la atención. ¿Quién se escondía detrás del pasamontañas? Podría ser una cara conocida. La voz que se escuchaba le sonaba familiar. Estaba seguro de haberla oído anteriormente. ¿Pero dónde? Cerró los ojos para poder concentrarse mejor en el sonido de esta voz.

—Nos envía el presidente Gonzalo, el máximo líder marxista-leninista viviente. Lo acompaña un ejército de jóvenes combatientes. Somos el único partido marxista-leninista-maoísta del mundo, que ha tomado las armas para liberar y proteger a los reprimidos. Nuestra lucha por ustedes es como un sendero luminoso hacia la libertad, dejando atrás la oscuridad, la explotación y la esclavitud. ¡Nosotros somos ese Sendero Luminoso para ustedes!

José tuvo una inspiración. Fijó la vista en los ojos que resaltaban de la máscara: ¡Era Mamani, el comerciante de ganado! Sin duda era su voz. José se acordó nuevamente de aquella noche en la que su padre y este Mamani habían estado politizando. ¿Y no había sido este Mamani el que había tocado el tema de la política? ¡Era él! No cabía la menor duda.

—Vuestros torturadores y represores se encuentran entre ustedes —declaró nuevamente el comandante. Mientras que éste en tono severo proseguía con su discurso político, José tiró de la manga de su padre.

— Papá, papá, —susurró— es el señor Mamani, el negociante de ganado, ¿te acuerdas?

Aún antes de que el señor Quispe pudiera responderle a su hijo, uno de los senderistas se acercó a José, apuntándole una ametralladora en la sien.

—Parece que no les interesa el mensaje del presidente Gonzalo, el verdadero presidente del Perú, ¿no? —preguntó amenazante.

José enmudeció. Tiritando en todo el cuerpo, asintió vagamente con la cabeza.

—A los impertinentes como tú hay que educarlos. Tienen que ser instruidos por el pueblo —le aclaró a José.

— Los explotadores del pueblo pertenecen a la clase gobernante. Pertenecen al partido que engaña al pueblo peruano. Es por eso que nuestro pueblo tiene que vivir en condiciones miserables. Y el partido explotador se llama APRA.

Rígido el padre de José fijó la vista en el suelo.

—Estos chupasangres deben ser juzgados por un tribunal del pueblo, que dicte una sentencia justa. —Con desprecio prosiguió—: el Alcalde es un empedernido admirador de Alan García, el presidente del Perú, y de su partido el APRA. Incluso es miembro de este partido, implementando su política aquí en el pueblo.

El supuesto defensor de los pobres se dirigió directamente hacia el alcalde, tiró de sus cabellos y lo arrastró hasta ubicarlo delante de toda la comunidad reunida. José sintió una rabia desenfrenada. Se colgó de su padre y gritó—: Suelten a mi padre, puercos, puercos malditos! El no ha hecho daño a nadie. Solo ha trabajado en bien del pueblo. A nadie le ha quitado nada, siempre ha prestado ayuda donde pudo. ¡Papá, papá!

Mientras gritaba, empezó a puñetear y a patear a los otros terroristas que se habían acercado rápidamente. ¿Quién sería el comandante? José tenía que saberlo. —¿Quién eres, mentiroso? ¡Muestra tu cara, cobarde! —Le gritó José al hombre.

José estaba decidido a todo. En este momento no le importó mucho lo que harían con él. Estaba obsesionado en verificar su sospecha. Le mordió la mano a uno de los vigilantes para liberar su brazo. Luego dio rienda suelta a su rabia, se levantó saltando como un resorte, agarró una punta del gorro del encapuchado y de un jalón se lo quitó. ¡Era él!

—¡Mamani! —balbuceó el señor Quispe. Aterrado enmudeció. José había tenido razón. El presunto negociante de ganado era un espía de Sendero Luminoso. Estaba estupefacto.

—Así es entonces como se ha aprovechado de mi hospitalidad —exclamó con amargura el señor Quispe—. Seguramente que el tal curandero también anda escondido debajo de una capucha—. Sonrió atormentado.

La señora Quispe en cambio estalló en llanto. Mantenía a sus hijos fuertemente abrazados. Las otras mujeres le imploraron callarse para no irritar más a los terroristas. Pero nadie pudo aplacar su dolor y su desesperación.

Había oscurecido. El fantasmal escenario que presentaba la plaza se acentuó con las llamas que emergían de las casas ardientes. El resplandor del fuego se reflejaba en las caras de la gente. Iba a efectuarse un supuesto tribunal del pueblo, durante el cual, sin embargo, el pueblo no tendría ni voz ni voto. El camarada Mariano, como ahora públicamente se hacía llamar Mamani, sólo brevemente se había mostrado desconcertado al ser desenmascarado. Se serenó rápidamente y explicó en tono arrogante—: Durante la guerra popular todos los medios para descubrir y erradicar a la clase gobernante están permitidos, señor alcalde. Y aparte, el alcalde no es el único aquí en Toro que pertenece a esta detestable pandilla. El director de la escuela, y el juez de paz, también tendrán que ser juzgados.

Miró a su alrededor.

—¿Dónde están los dos? ¡Suelten la lengua!

Silencio. Nadie se movió. Nadie giró la cabeza, ni siquiera hubo una tímida mirada.

—¿Y, qué pasa? —chilló Mamani amenazante—. Si no se presentan, nos agarramos a dos de ustedes. Tendrán que representarlos en el juicio y serán juzgados en su nombre.

Uno de los terroristas disparó una ráfaga hacia el cielo nocturno. El eco se volcó y se multiplicó en las laderas de los cerros lamentando el trágico destino de los campesinos de Toro.

Las intenciones de Sendero eran muy serias.

Vacilante el señor Delgado se desprendió de la comunidad dando un paso al frente y parándose al lado del alcalde.

—Falta el juez de paz —constató Mamani enojado.

—¿Dónde está ese canalla que se atreve a juzgar en nombre del pueblo? ¿Dónde está?

—Ha viajado a Arequipa la semana pasada —dijo el alcalde con voz débil y fragmentada.

Una fuerte impotencia se apoderó de él, haciendo de lado al coraje que tanto lo había caracterizado. Hacía medio año, en Cotahuasi, se había enterado de lo que hacían los senderistas con los alcaldes. Perdió toda esperanza.

La gente permaneció petrificada. Tuvieron que escuchar los delitos que presuntamente habían cometido el alcalde y el director de la escuela. Se enteraron que supuestamente se habían enriquecido con el patrimonio del pueblo. Que con los lemas del partido aprista habían idiotizado al pueblo. Que eran enemigos del pueblo y de la revolución, y que el que se opusiera a la revolución tendría que ser apartado.

José se mantenía alejado. Sus vigilantes estaban parados detrás de él con sus cinturones de cartuchos y sus ametralladoras preparadas. José presentía doloro-samente lo que ocurriría con su padre. Nuevamente sintió una cólera infinita. Él por su parte ya se había rebelado. Eso ya había sido bastante peligroso. ¿Qué sería lo que pretendían hacer con él? Sentía el polvo y la arena de la plaza bajo sus dedos mientras que miles de pensamientos circulaban por su mente. Cuidadosamente agarró un puñado de tierra. El odio infinito desató fuerzas insospechadas. Velozmente lanzó el contenido de su mano apuntando a las ranuras de los ojos de sus dos cuidantes encapuchados, y gritando tan desgarradoramente, como sólo puede gritar la desesperación humana corrió sumergiéndose en la oscuridad, aprovechando la perplejidad y ceguera momentánea de ambos. Conocía a Toro de memoria. Apurado atravesó el jardín que se encontraba al lado de la municipalidad. Con un salto cruzó la pared que limitaba con un fundo. Estaba completamente oscuro. Trepó por la siguiente pared. No sintió las espinas de los cactus que se enterraron en las palmas de sus manos al subir a los muros de adobe. Lágrimas de rabia y dolor dejaron sucias huellas en su polvorienta cara de niño. En la tercera cuadra de la calle Túpac Amaru lo abandonaron sus fuerzas. Se escondió en la esquina de un patio. Dejó de respirar para poder escuchar. ¿Le habían disparado? En su garganta sentía latir fuertemente su corazón. —¡Papá, papá! —balbuceaba una y otra vez—. ¡Papá querido, que no te hagan nada, ay Diosito, que no te vayan a hacer algo! ¡Virgen santísima, ayúdanos!

José se tapó ojos y oídos como si quisiera fugarse de este mundo. Balanceaba su cabeza de un hombro al otro, tratando de negar la realidad. Sollozando, con desesperación repetía entre dientes—: ¡No, no, no, papá, papá, no te vayas! ¡No nos abandones por favor! ¡Te necesitamos!

Llegó el momento en el que ya no supo a quién implorar. Dos cortas ráfagas de ametralladora traquetearon por el pueblo silencioso. Abruptamente interrumpieron los pensamientos distantes de José. Lo sospechaba: su papá y el director estaban muertos.

Con la vista fijamente puesta en la inmensidad del cielo, José permaneció sentado.

6

—¡Levántate, hijito de alcalde, apúrate, ponte de pie!

José escuchó las palabras distantes, como si no estuvieran dirigidas a él.

—¿Qué te pasa, no escuchas?¡ Levántate!

Sintió fuertes patadas en su espalda. Una ametralladora apuntaba contra su garganta. No estaba muerto. Hubiera preferido estarlo. Lo rodeaban negras cabezas encapuchadas, que dejaban entrever miradas agresivas y punzantes.

—Entiende que ya estamos hartos de tus jueguitos.

Sintió el efecto de otra fuerte patada contra su espinilla. Era una voz peligrosa la que se dirigía a él.

—¡Estate seguro que la próxima vez que intentes huir, será la última!

José no pudo acordarse cuánto tiempo había permanecido sentado en el jardín. No sabía por cuánto tiempo había estado con la conciencia alterada a raíz de los dos asesinatos. Se sentía debilitado. Lentamente se puso de pie.

—En la plaza ya te están esperando tus nuevos amigos —se rio uno.

Los habitantes del pueblo habían desaparecido por completo. No se veía a nadie. Los cadáveres del alcalde y del director ya habían sido apartados. Los "nuevos amigos" estaban cargando las llamas y mulas con cartones y costales. Efectivamente habían saqueado la tienda antes de prenderle fuego. Un rebaño de aproximadamente treinta animales estaba preparado para partir. Gracias a los diferentes colores de las hebras de lana en sus orejas, José pudo reconocer que todos los animales eran de Toro. Dos llamas pertenecían a su fundo. Los terroristas habían saqueado todos los fundos, arrebatándole a la gente su pertenencia más valiosa: sus animales.

Sonriente y con fingida amabilidad, el señor Mamani saludó a José—: José, queremos invitarte a venir con nosotros. Por lo menos me gustaría agradecerte la hospitalidad que tuvo tu padre conmigo— dijo con palabras llenas de menosprecio.

—Pero tengo que ir al colegio— suplicó José —. ¿Qué voy a hacer con ustedes? Tengo que ayudarles a mi mamá y a mis hermanos.

El señor Mamani lo interrumpió apurado.

—A partir de ahora vas a ir a nuestra escuela. Todo lo demás no tiene importancia. A los tipos como tú, hay que educarlos. ¡R-e-e-d-u-c-a-r-l-o-s! ¡Amarren a nuestro invitado a una llama!— ordenó brevemente. —No quisiéramos perderlo otra vez.

Abandonaron el pueblo de Toro siguiendo por la calle principal en dirección del altiplano. Todas las puertas y portones permanecieron cerrados. No se abrió ni una rendija, nadie arriesgó una mirada. El trajín de cientos de cascos sobre el empedrado anunció la partida de Sendero Luminoso.

Atrás quedó un pueblo infinitamente triste y paralizado.

Mientras pasaba frente a la casa número 301, su mirada no pudo desprenderse del portón. Qué no hubiera dado por recibir la más mínima señal de vida de su madre. Fue en vano, el portón permaneció mudo.

¿Cómo se recuperaría ella de este golpe del destino? De ninguna manera estaría en condiciones de trabajar los campos de cultivo sola. ¿Quién le ayudaría? ¿Cuándo regresaría él de vuelta a su casa? ¿Volvería alguna vez a ver a su querido Toro? No encontró respuesta a todas sus preguntas. Ahora como rehén de Sendero Luminoso, a José lo esperaba un futuro incierto.

Detrás de Toro el camino primero transcurre plano, para luego subir por la empinada ladera del cerro. José conocía perfectamente la región. Muchas veces había acompañado a su padre a trabajar el campo. Ya había pasado la medianoche. La luna menguante escasamente iluminaba el valle. Había que dar los pasos como a ciegas. Para no caer al precipicio, José se mantuvo al costado del cerro junto a las llamas. Había aprendido que al trotar por los senderos andinos, los animales con seguridad instintiva caminaban siempre por el costado que daba al abismo. Nunca entendió por qué actuaban de tal manera, en vez de preferir el lado interior más seguro. Era difícil subir por escombros sueltos y rocas con las manos atadas. Los brazos eran necesarios para mantener el equilibrio y el impulso. Sus manos estaban adoloridas por las finas espinas de los cactus. No pudo extraerlas con los dedos. Trató de hacerlo con los dientes. Pero así se clavaron aún más en la carne. Cada roce le producía un dolor infernal, como si nuevamente se hubiera vuelto a caer sobre el cactus. El frío aumentaba, mientras subían alejándose de Toro. Por suerte José llevaba puesto su poncho de la tarde. Lo que le hacía falta era su chullo y sus cabellos largos que se había hecho cortar con motivo del día de la madre. Monótonamente ponía un pie delante del otro. Pensaba en su madre y en sus hermanos que se habían quedado en el pueblo. Seguramente que su padre y el director estaban siendo preparados para su entierro, como era habitual en el pueblo. Los velarían en la casa para que todos pudieran despedirse de ellos. Toda la noche los campesinos y sus familias permanecerían sentados junto a los ataúdes abiertos, y tomando chicha conversarían y rezarían. A la mañana siguiente cargarían a las dos víctimas sobre sus hombros hasta el cementerio. En cada esquina depositarían los ataúdes para rezar una oración, y tomar un gran sorbo de chicha que las mujeres transportaban en botellas bajo sus anchas polleras. A pesar de la iglesia en la plaza, hacía tiempo que Toro no contaba con un sacerdote. José no se acordaba de haber visto alguno jamás. Enterraban a sus muertos según sus costumbres. Una de ellas consistía en depositar una bolsita con hojas de coca sobre los ataúdes antes de enterrarlos. El primero en arrebatarlas de los cajones apuntándoles con piedras y tierra, gozaría de una larga vida, ya que el muerto, gracias a tanta piedra y a tanto polvo, ya no estaría en condiciones de voltearse a mirarlo y llevárselo consigo. Esta era la manera de pensar y actuar de la gente aquí en la sierra.

Después de cuatro horas llegaron al altiplano. Hacía un frío intenso. El aliento salía visiblemente de los pasamontañas. Como hielo cristalizado colgaba de las fibras de lana. Nadie le prestaba atención a José. De vez en cuando jalaba de sus mangas. No era fácil cubrirse así las manos atadas. Sentía frío en la cabeza, nariz y orejas. Por eso buscaba el calor de la llama a la cual estaba atado, acercando sus orejas a los hombros del animal. Mientras éste caminaba, José se arrimaba a su cuerpo y se calentaba las manos en su lana. Pero no bastó. Ya no podía aguantar. El frío era más fuerte que el miedo de dirigirle la palabra a su captor

—Me muero de frío en las orejas. ¿Me podrías prestar un chullo? —susurró.

En silencio el senderista desenfundó un gorro por debajo de su poncho.

—¡Gracias!

Se le escapó a José; tan grande fue su asombro, que se olvidó de cubrirse con el gorro. Recién al ser mordido nuevamente por el frío se lo puso, sintiendo un alivio inmediato.

En el este se anunciaba la madrugada con una fina franja celeste en el cielo. Una débil y tenue luz iluminaba el camino. A la derecha José se percató de un fundo con un corral lleno de llamas y alpacas que curiosas observaban la caravana. Aquí es donde se recoge a la gente que llega con el bus desde Arequipa o Aplao, pensó José. Dentro de poco cruzarían la carretera de grava que se dirigía de Cotahuasi hacia la costa. José se acordó que fue justamente aquí, que recogió a su madre del ómnibus al retornar ésta del único viaje que en su vida había hecho a la capital del departamento. Hasta hoy, había sido la única vez para ella.

Del cielo celeste, pasando por un tenue amarillo, nacía la aurora del nuevo día. En el cielo claro y transparente como un cristal no se divisaba ni una nube. Es cierto lo que cuenta la gente, pensó José. Delante suyo se incorporaba majestuosamente el Solimaya, y detrás de éste el Coropuna. Ambos volcanes estaban cubiertos con hielo y nieve. Como si usaran gorras rojas, se reflejaba el rojo de la aurora en ellos. Cristales de hielo brillaban como piedras preciosas en los tallos rígidos del ichu. Por un momento José pudo olvidarse de su triste realidad.

Hacía horas no se había hablado ni una sola palabra. Ahora en la madrugada se dio cuenta de que la procesión estaba encabezada por un senderista que cargaba una bandera roja. Invadido por un cansancio abismal, José trotaba mecánicamente detrás de los demás. Para sus catorce años, tenía una constitución bastante fuerte. Sin embargo los acontecimientos de los últimos días y la fatigante subida lo habían extenuado. José se sintió vacío y cansado. Pero ahora los primeros rayos solares sobre el altiplano empezaron a calentarlo agradablemente. Una fresca energía vital se extendió hasta las puntas de sus cabellos. ¡Qué bien hacía el sol!

—Detrás del cerro haremos una pausa. Es un lugar que no puede ser visto desde la carretera.

Fueron las primeras palabras de Mamani desde la partida de Toro. Era un lugar bien escogido. Dentro de las ruinas de un fundo, todos pudieron descansar. Encerraron a los animales en el antiguo corral. Al costado y proveniente del deshielo chapoteaba el agua cristalina de un arroyo. El camino que conducía del fundo a la carretera, hace tiempo estaba completamente cubierto por arena. Ningún patrullero de la Guardia Republicana que eventualmente hubiera estado en camino a Cotahuasi, habría podido dar con este escondite.

Mamani se quitó el gorro. Igual hicieron los demás senderistas. Boquiabierto José observaba las caras que iban apareciendo por debajo de los pasamontañas. Muchos de ellos solamente eran poco mayores que él. Le llevaban tan sólo dos o tres años. La mayoría tendría de dieciocho a veinte años. Entre ellos había tres mujeres. ¿Serían todos ellos terroristas? ¿Asesinos? José ya no entendía al mundo.

—¡José, mira aquí hay algo de comer! —le gritó una voz—. ¡No somos inhumanos, ja,ja,ja!

Efectivamente era el curandero Domingo Sayritupac. El padre había acertado con su sospecha, pensó José. Mientras que el curandero le ofrecía un paquete de galletas saladas y una lata de atún del botín, prosiguió diciendo—: Tú también llegarás a entender el mensaje de nuestro presidente Gonzalo. Nosotros nos encargaremos de eso. ¡Desátenlo!— ordenó —.Si piensa huir nuevamente no llegará muy lejos.

José se sobó sus muñecas heridas. Tomó su ración y callado se retiró a una esquina.

¿Qué había insinuado el curandero al decirle que algún día entendería el mensaje? Le dio vueltas en su cabeza sin encontrar una explicación. ¿O sí? Podría ser que Mamani estuviera planificando para él una larga estadía entre sus combatientes. ¿Qué sería lo que planeaba hacer con él?

Un agudo silbato interrumpió su pesado ensueño. A pesar de que ya ardía el sol del mediodía, sentía un frío tanto interior como exterior. La realidad lo había vuelto a alcanzar. De momento no podía hacer nada en contra de los terroristas. Lo único que podía hacer era someterse a su destino. Lo que sentía más profundamente en su alma era una inmensa cólera. Sin embargo, no quería perderla; algún día le serviría para darle la fuerza necesaria.

Los guerrilleros se prepararon para la salida. El sol se encontraba en el cenit. Remolinos de viento bailaban salvajemente por la pampa, absorbiendo ichu y arbustos por sus trompas, para luego aventarlos junto con la arena rojiza de los volcanes sobre la caravana.

Siguieron subiendo. En vez del ichu ahora se veían los verdes y gigantes arbustos de yareta. Éstos sólo podían crecer a partir de los cuatro mil metros de altura. Al acompañar a su padre a los campos de cultivo, siempre habían conversado sobre la variedad vegetal que ofrecía la naturaleza andina. En el altiplano ya no crecían los árboles como en Toro. La yareta parecía una inmensa y redonda piedra de madera por dentro y verde por fuera. En la cocina de su casa siempre había habido un poco de yareta seca. Gracias a su madera aceitosa, servía muy bien para prender el fuego.

Todo lo que veía y observaba lo recordaba a Toro y a sus padres. En este momento todo eso estaba inalcanzablemente distante. Sus ojos ya no podían soltar lágrimas. Echó una mirada a Mamani y al curandero bajo la bandera roja. Se iba a rebelar, cuidadosa pero empedernidamente.

Caminaron a lo largo de las faldas del Solimana en dirección al sur, luego en dirección del Coropuna y del Ampato; ambos eran venerados como volcanes sagrados por los indios. En sus cumbres, y transmitiendo esta costumbre de generación en generación, sus ancestros incas le habían ofrecido vírgenes como sacrificio humano al dios del sol Inti.

José había oído al vuelo que por allí en algún lugar se encontraba el acantonamiento.

7

José casi no podía permanecer de pie. Ya era la segunda noche que no dormían. En la tarde Mamani había dispuesto hacer una pausa, porque planeaba recorrer un buen trayecto del camino al amparo de la noche. Desde que la Guardia Republicana había intensificado sus controles hasta en los lugares más recónditos del país, Sendero Luminoso actuaba de una forma más prudente. Los terroristas no podían confiar en recibir un trato humano y clemente durante un eventual enfrentamiento con las fuerzas estatales del orden. Muchos soldados y policías habían sido blanco de los guerrilleros, perdiendo cruelmente su vida. Presuntamente los asesinatos de Toro ya habrían sido reportados a Cotahuasi, y algún pelotón de la policía estaría siguiendo sus huellas por la sierra.

El espectáculo de luces de la madrugada se repitió de nuevo, pero debido al gran cansancio que lo invadía José no pudo percatarse de ello. Nunca antes en su vida había tenido que permanecer despierto por tanto tiempo y esperaba que esa tortura finalizara pronto. Mamani ordenó detenerse y conversó brevemente con el camarada Domingo; aquí ese era su nombre y así deseaba ser llamado. Un grupo se ausentó. Mamani se quedó con la bandera.

—¡Compañeros, ya casi lo hemos logrado! —Trató de subirle el ánimo a la tropa. En realidad fue un comentario innecesario. Todos conocían el acantonamiento y sabían que a mitad de camino entre Coropuna y Ampato empezaba la bajada.

—¡Chau, chau, hasta pronto! —Se despidieron alegremente. Sin las metralletas a la espalda nadie hubiera sospechado que sus caras juveniles eran las caras de unos terroristas.

Llegando al cruce de caminos, el camarada Domingo dobló hacia la derecha y junto con su gente se perdió entre los cactus que bordeaban al enroscado sendero.

Una de las mujeres se dirigió a José—: ¡Fíjate en el bosquecito de eucaliptos ahí abajo!

—Sí, ¿y qué? —preguntó José.

—Ahí vivimos —le contestó la chica con cierto alivio en la voz. Incluso para ella, estas caminatas forzadas eran extenuantes.

Ciertamente, muy abajo se divisaba un bosquecito entre cuyos árboles resaltaban brillando unos techos plateados. Era el único asentamiento a lo largo y ancho del paisaje y a pesar de que la meta, un puntito minúsculo, ya estaba identificada aún les tomaría horas llegar a ella. Todo lo que en los Andes parecía cerca estaba en realidad a kilómetros de distancia. El camino no ignoraría ninguna grieta, se amoldaría a toda protuberancia rocosa y atravesaría un valle tras otro hasta culminar en las lomas de los cerros de enfrente.

La tarde había avanzado cuando por fin alcanzaron su meta. Ubicado sobre una pequeña colina, se encontraba un fundo abandonado al que pertenecían tres simples casas. Se escuchaba susurrar el follaje de los frondosos eucaliptos y sus anchas sombras se dibujaban en la tierra. Los campesinos que años antes habían vivido aquí hacía tiempo habían abandonado sus tierras para mudarse a la ciudad en busca de una vida mejor. El jardín estaba descuidado, y el muro de adobe que rodeaba el terreno parcialmente derrumbado o cubierto por los cactus salvajes.

—¡Descarguen! ¡Alimenten a los animales! —ordenó Mamani.

Todo tenía su ritmo, cada cual conocía sus deberes.

—Bienvenido José. Este es tu nuevo hogar, tu escuela, tu familia, pues bien, tu nueva vida.

José calló asustado. Sonaba bastante definitivo.

—Te mostraré tu sitio.

Mamani lo condujo al interior de la casa que aparentemente servía de vivienda y le asignó uno de los catres que se encontraban a lo largo de la pared. Además, le entregó un pellejo de llama, una frazada de alpaca y un costal de paja. En el centro de la habitación había una mesa con banquitos; unas latas vacías servían de candeleros. En realidad era muy similar a su hogar, a pesar de que en la pared, en vez de la foto del presidente García, colgaba una enmarcada que mostraba a un desconocido de expresión adusta.

Apenas llegaron, los guerrilleros se dedicaron a guardar el botín en una construcción adyacente. Se trataba de lo que habían saqueado de la pequeña tienda en Toro: sacos de arroz y azúcar, paquetes de galletas saladas, latas de atún, aceite, leche en polvo y fósforos.

Había oscurecido. Mamani dispuso la guardia nocturna, apagó la vela y ordenó el reposo.

José había ido a parar a un campamento de entrenamiento para guerrilleros. Con los primeros rayos solares empezó la instrucción militar. Le entregaron una metralleta, y exploraron la región al trote. Después del desayuno empezó la instrucción política. Mamani se dispuso a leerles de un libro de adoctrinamiento.

—La vida de cada uno no vale nada. Lo único que cuenta son las masas populares. La sangre sacrificada significa un sacrificio en favor de la revolución. Así no habrá sido en vano.

Todos repitieron estas frases con el mismo ritmo riguroso. Luego algunos de los "estudiantes" fueron exhortados por Mamani a repetirlas nuevamente. Todos cumplieron las órdenes.

—Alan García es el responsable del asesinato del pueblo peruano. Quiere retroceder el tiempo hasta la época colonial en la que los campesinos eran esclavizados por sus patrones. García está pateando la dignidad humana.

Todos repitieron en coro. Observándolos, José se percató de la expresión decidida en las caras de sus "nuevos amigos". No cabía la menor duda, estaban totalmente convencidos de lo que repetían.

—Pero nuestro presidente se llama Gonzalo. Él ha decidido continuar con la guerra popular. Más que antes, los pueblos serán ahora el escenario de los actos armados, ya que en nuestro país la mayoría pertenece a la población campesina empobrecida. Ellos constituyen la tropa auxiliar para la lucha en contra de la burguesía satisfecha y obesa de las ciudades.

José solamente entendió fracciones del sermón que predicaba Mamani. Aparte de Cotahuasi, nunca antes había estado en una verdadera ciudad. Solamente se acordaba de las campesinas gordas que ahí frente a sus sartenes vendían comida en sus puestos del mercado. ¿Acaso era un asesino el presidente Alan? José pensó que ellos eran los verdaderos asesinos, los que saqueaban, robaban, asesinaban y destruían. ¿No habían elegido los peruanos como presidente a Alan García? Durante las elecciones José había podido presenciar cómo en el local electoral la gente había introducido su balota de votación en una urna, para luego teñirse el dedo índice con tinta azul, impidiendo así una segunda votación. ¿Por qué motivos habrían de elegir los peruanos a su propio asesino? Todo esto le parecía bastante absurdo.

Mamani se dio cuenta de la incertidumbre y de la duda que se dibujaban en la cara de José.

—¿Quién es Gonzalo?

José estaba aturdido.

— ¡Responde, José! —le exigió bruscamente Mamani.

José permaneció en silencio.

—¿Por qué son pobres los campesinos?

José siguió callado.

—¿Contra quién luchamos?

José no supo qué decir.

—Parece que no has aprendido nada de la primera lección. ¿Acaso tampoco prestas atención en el colegio? ¡Métete en la cabeza, que aquí aprendemos más rápido, porque ésta es la escuela del pueblo!

Le hizo una señal a la camarada Luzma, una de las únicas mujeres que le había dirigido la palabra a José.

—Intentaremos de nuevo —dijo enérgicamente Mamani. —O sea, ¿quién es Gonzalo?

José permaneció mudo.

Mamani lo atravesó con una mirada punzante. A sus espaldas, José escuchó ruidos metálicos. Apenas volteó la cabeza, titubeó—: El… el… verdadero presidente del Perú.

Luzma se encontraba detrás suyo apuntándolo con la metralleta. Con tono provocador, Mamani siguió preguntando—: ¿Por qué son pobres los campesinos?

—Los… los… ricos… les… quitan… sus… cosas…— respondió José.

—¿Contra quién luchamos?— repitió la tercera pregunta.

—Contra… la… gente… gorda —respondió José en voz baja.

—¿Ves? Yo sabía que eres un alumno aplicado —constató Mamani triunfante— y Luzma es una buena maestra auxiliar.

Todos se mataron de risa. O les pareció chistosa la forma en que Mamani se burló de José, o lo hicieron por complacerlo.

Mamani impuso silencio y trató de finalizar dignamente la instrucción política, fuera cual fuera el significado que tuviera para él la palabra "dignidad". Finalmente, dirigió su mirada a la foto de la pared, y levantando el puño izquierdo vociferó:

—¡Que viva el presidente Gonzalo! ¡Que viva Abimael Guzmán!

—¡Que viva! —gritaron todos a la vez.

—¡Que viva un un nuevo y mejor estado peruano!

—¡Que viva!

—¡Que viva la dictadura del proletariado!

—¡Que viva!

—¡Que viva el Perú!

—¡Que viva!

Todos aplaudieron eufóricos. La lucha armada se había convertido en una tarea existencial.

No pasaba un día sin instrucción política. No pasaba un día sin que los autonombrados luchadores por la libertad brindaran por su presidente Gonzalo. José se había dado cuenta de que Abimael Guzmán era el nombre del fundador y líder de Sendero Luminoso, mientras que el título 'Presidente Gonzalo' era su alias. Tampoco pasaba un día sin que Mamani celebrara y alabara la dictadura del proletariado, como única solución posible a todos los problemas. José respondía obedientemente a todas las preguntas con las que diariamente se veía confrontado. Sin embargo, nunca pudo descifrar el significado de las palabras 'proletariado' y 'dictadura'. Pero eso no le causaba molestia alguna. Su único impulso consistía en permanecer vivo. Pensó que ya llegaría el momento apropiado. Había que esperarlo.

Por las tardes se efectuaba el entrenamiento con las armas. José aprendió cómo armar y desarmar una metralleta, cómo asegurarla y quitarle el seguro, cómo apretar el gatillo, y veía a los terroristas desflecar la corteza de los árboles durante el entrenamiento de tiro.

—Algún día tú también podrás tirotear —le dijeron, pensando consolarlo.

—Ya llegará tu día, ¡no te preocupes!

Sin embargo, José no ansiaba nada ese momento. Le tenía miedo. Lo peor eran las noches. Echado se atormentaba fijando la mirada en la oscuridad. Sus pensamientos no le permitían descansar. ¿Cómo estaría su madre? ¿Habría encontrado a alguien que le ayudara en el campo? Durante las últimas semanas, había perdido varias clases en su escuela de Toro. Sus amigos seguirían jugando fútbol y cazando palomas. Él por su parte se encontraba preso, estrictamente custodiado, en peligro permanente de ser torturado o incluso asesinado. A la mañana siguiente se despertaba deshecho y confuso.

Lo que más le preocupaba eran los comentarios de sus presuntos camaradas. Le susurraban que pronto le esperaba una prueba de acreditación. No sabía cómo debería acreditarse. Había estado oyendo palabras sueltas y frases incompletas. Parecía que se estaba planeado un asalto a una hacienda, en algún lado por Tulupacha.

Se esperaba el comando de ataque. José sabía que tendría que participar en él. ¿O tal vez lo involucrarían en algo peor? Bastaban vagas reflexiones al respecto, para que todo su cuerpo se rebelara rotundamente.

Las pesadillas lo atormentaban durante varias noches, durante otras lloraba furiosa y desesperadamente, añorando su tierra. Cualquier esperanza de poder liberarse de su situación, se derretía como el hielo en los volcanes sagrados.

8

—Ya no tenemos nada de comer —anunció Mariano.
—Todas las provisiones están agotadas.

—Entonces tendremos que conseguir otras —opinó
riendo uno del grupo.

Todos se habían reunido enfrente a la casa, para
analizar la situación. Durante los últimos días las raciones
de alimentos habían ido disminuyendo notoriamente. Se
había tratado de complementarlas matando una llama,
pero el almacén se encontraba definitivamente vacío.

—Hace días que estamos esperando la orden de ataque
—explicó Mamani. Pensé que nuestras provisiones
durarían hasta nuestra partida. Pero ahora no tenemos
otra opción. Tendremos que actuar, de ninguna manera
podemos seguir esperando. Si continuamos con nuestra
táctica de castigar a los comerciantes explotadores,
pondremos en peligro la operación en Tulupacha. De
ninguna manera podemos arriesgarnos a esto.

Todos asintieron murmurando su aprobación.

—Nuestro comandante a cargo del norte del
departamento de Arequipa, cerca de Tulupacha nos
reunirá con los otros grupos. Nuestra meta consiste en
destruir la hacienda Tres Cruces, y castigar tanto a sus
dueños como a sus cómplices.

Nuevamente Mamani empezó a predicar en su tono
propagandístico. José ya lo conocía suficientemente
desde las primeras supuestas lecciones que había
recibido.

—Hace más de doscientos años que la familia del hacendado Romero está dominando la región. Hace más de doscientos años los campesinos están trabajando para los Romero, y en agradecimiento a ello, los han pateado robándoles sus costumbres y usanzas. Durante la colonia española éste sistema se conocía con el nombre de "encomienda". Significa estar encomendado a alguien. Según el rey de España, los terratenientes cuidarían de las familias indígenas de las que estaban a cargo, les proporcionarían un pedazo de tierra, un techo y algún ganado. Pero ya que España estaba lejos, los hacendados pudieron dar rienda suelta a su arbitrariedad. ¡Compañeros!, los pobres indios estuvieron encomendados a la arbitrariedad!

Con sumo agrado Mamani puso énfasis en las cinco sílabas de la palabra "arbitrariedad", saboreándolas detenidamente, para luego proseguir:

—¡Compañeros, esto pronto llegará a su fin! En pocos días, los campesinos de la hacienda Tres Cruces serán hombres libres. El ganado capturado lo repartiremos entre ellos. Aparte recibirán diez de nuestras llamas. Deben ser hombres libres, para eso combatimos.

Mientras hablaba se había vuelto hacia José, y con mirada malévola le anunció lo que hasta ahora sólo había sido un rumor.

—Para nuestro hijito de alcalde será el momento de acreditarse. Tendrá que liquidar a uno de esos chupasangres. A lo mejor de una vez al viejo Romero, siempre y cuando no se haya escapado a su nidito seguro en Arequipa. Bueno, pues si no es él, será el admini-strador.

José empezó a sudar frio. Ese entonces era el truco, mediante un asesinato lo querían hacer uno de ellos.

—El caserío de Pampachacra queda aproximadamente a tres horas de aquí —siguió explicando Mamani en tono normal. Luego de asaltarlo, la Guardia Republicana sabrá que hemos avanzado más hacia el sur. Así que hoy tendremos que aprovisionarnos de la manera tradicional. Camarada Luzma y camarada Carla, ustedes partirán mañana en la madrugada. José las acompañará. En caso de que tengan un encuentro desagradable con la Guardia, podrán usarlo como rehén. Si no, servirá muy bien de camuflaje. Ustedes no son mucho mayores, él podría muy bien ser vuestro hermano.

Desde que José se había enterado de lo que lo esperaba, se sentía aturdido. Solamente pensaba en huir. A más tardar en dos o tres días se convertiría en un asesino, en alguien igual de repudiable a los senderistas que hacía pocos meses habían asesinado a su padre y al director. Por lo tanto, comprendió que el viaje a Pampachacra sería su última oportunidad.

—¡Tengo que aprovecharla, tengo, tengo, tengo! —trató de meterse en la cabeza. Ya no pudo conciliar el sueño esa noche. Al dormitar, lo despertaban visiones espantosas. La idea de convertirse en un asesino, se mezclaba en su mente con mil otras ocurrencias. Si se rehusaba a cumplir con la orden, lo matarían. Su huida tendría que ser exitosa. Sendero Luminoso nunca corría riesgos. No lograrlo significaría el final de sus días. Ideas confusas, planes peligrosos y miedos profundos se apoderaron de su mente, sin embargo, a pesar de todo, en la madrugada finalmente logró caer en un sueño profundo.

El camino a Pampachacra no era fatigoso. Casi no había pendientes que subir. Siempre a la misma altura, el sendero conducía por laderas y valles. A pesar de haber pasado la noche prácticamente en vela, José caminaba bien.

—¿De dónde eres, Carla? —se atrevió a preguntar.

—De Chiara, cerca de Ayacucho, si es que sabes dónde queda —contestó.

—¿Ayacucho? ¿Tan al norte?

—Exacto, y Chiara es un pueblito por ahí.

—¿Y tú Luzma, de dónde vienes tú? —siguió preguntando José.

—De Huancavelica, pero lejos de la ciudad.

— ¿Y cómo es por ahí? ¿Como aquí? ¿O diferente, más bonito?

—No, no tiene nada de bonito; es un pueblucho de mala muerte en plena puna, como ahí arriba —contestó Luzma de manera cortante, señalando hacia el altiplano que se elevaba destacándose del limpio cielo azul serrano. Casi sin tierras fértiles, de campos áridos y gente muy pobre. Por aquí por lo menos hay campos de cultivo. Nunca nadie se ha preocupado alguna vez por los ayacuchanos , hace siglos que viven abandonados a su suerte.

Aunque con pocas palabras, Luzma había relatado bastante acerca de su circunstancia. José se asombró al percibir su necesidad de comunicarse. No era un rasgo típico en ella. Él por su parte, tenía que cuidarse para no dar la impresión de que en realidad sólo pensaba en huir.

Por eso, aparentando interés, siguió preguntando—: ¿Y tú, por qué te has metido a Sendero, Carla?

—En Chiara me di cuenta de cómo los soldados y la policía trataban a los campesinos. Sospechaban de los pobres cholos, sin poder comprobarles nada. Afirmaban que trabajan para Sendero. Realmente es espantoso. Ellos no habían hecho nada. Muchos aldeanos desaparecieron de la noche a la mañana, así nomás, y nunca se volvió a saber de ellos. Con suerte tal vez algún día sean encontrados en una fosa común. ¡Pucha, que suerte esa, ser encontrado como esqueleto! Después de haber visto todo eso, me decidí a combatir con Sendero Luminoso.

José se puso pensativo.

—Pero ustedes entran a los pueblos, y por eso llegan policías y soldados y culpan a los campesinos que ustedes chantajean. ¿Qué pueden hacer ellos? Siempre serán los que pagan el pato. Si colaboran con ustedes, los persigue la policía; si se niegan, ustedes los secuestran y los matan —repuso José enérgicamente.

— Nos encontramos en una guerra popular que necesariamente deja víctimas. Tú todavía no lo entiendes. Antes que morirme de alguna enfermedad, o de hambre, que también es posible por la forma en que vivimos, prefiero derramar mi sangre por la revolución de mi pueblo.

Carla retomó el lema político, que José ya había tenido que escuchar hasta la saciedad durante las lecciones impartidas por Mamani en las últimas semanas. Carecía de sentido seguir preguntando. Continuaron caminando en silencio.

Llegaron a Pampachacra antes de lo pensado. Carla y Luzma se aseguraron de que las metralletas se encontraran bien escondidas debajo de sus ponchos. Pampachacra solamente consistía en una calle polvorienta y unas cuantas casas situadas alrededor de una pequeña plaza. Las blancas fachadas reflejaban la luz del mediodía. Con sus dos diminutas ventanas del piso superior, y la puerta oscura por debajo, las casas semejaban muecas de semblantes callados y resignados.

Una mula cargada con pesados sacos buscaba la sombra de una casa. La torre de la pequeña iglesia, edificada presuntamente durante la época colonial, se encontraba bastante dañada como consecuencia de uno de tantos y frecuentes temblores que en esta región asustaban a la gente y a los animales. Seguramente el próximo temblor la derribaría del todo. Al igual que en Toro, en esta iglesia hacía tiempo que no se había celebrado misa alguna. Ya no se encontraban sacerdotes en éstas regiones solitarias. Preferían quedarse en las ciudades. Sin embargo la vida aquí no requería apoyo religioso. Para eso existían el sol y la luna, los dioses de los incas, a los que siempre se podía recurrir confiadamente. Era precisamente eso lo que hacían los indios.

Gracias a un letrero de Coca Cola descolorido, identificaron la tienda del lugar. Tocaron con puños a la destartalada y chueca puerta, pero nadie les abrió. Carla le dio la vuelta a la casa.

—¿Hoooola, hay alguien aquí?

De todas maneras tenían que conseguir provisiones. No había alternativa. Nuevamente golpearon tan fuertemente la puerta que se escuchó por toda la plaza.

—¿Hay alguien ahí? —Carla apoyó la oreja en una ranura del ancho de un dedo. Oigo pasos —comentó aliviada.

—¡Ya voy, tranquilos! —Se escuchó una voz molesta desde el interior. La puerta se abrió despacio con un chirrido, y una mujer vieja se asomó por una rendija.

—¿Qué quieren? —preguntó desconfiada.

—¿Podemos entrar? —preguntó amablemente Luzma—; queremos comprar víveres.

—No hay nada, aquí nadie tiene plata —respondió secamente la mujer.

Pero Luzma insistió—. Queremos ver lo que tienes en tu tienda.

La mujer abrió una hoja de la puerta. Al lado izquierdo del mostrador se encontraban herramientas para trabajar el jardín y el campo. Al otro lado había cajas enpolvadas de Coca Cola y de Cerveza arequipeña.

Los ojos se demoraron en acostumbrarse a la oscuridad. Había que tener cuidado para no tropezar con algún objeto. Por todas partes había costales llenos de cebollas, maíz y papas, y en el piso botellas tiradas.

—¿De dónde vienen? —Se mostró interesada la mujer, ya que rara vez alguien se perdía por estos lares.

—Venimos de Huambo, del Valle del Colca. Mañana queremos llegar hasta Tomepampa —mintió Luzma.

—¡Ah ya! —Fue el único comentario. Su semblante reflejaba una cierta desconfianza. Luego se perdió detrás del mostrador.

José permaneció callado. ¿Era éste el momento indicado para huír? ¿Qué pasaría si ahora saliera corriendo pidiendo ayuda? Descartó la idea tan rápido como la había concebido. Después de toda la brutalidad que había visto, sabía que Sendero Luminoso castigaría a todo el pueblo por su huída. Regresarían y conducirían a todo el pueblo a la desgracia. Y él mismo no llegaría muy lejos. La próxima meta de Sendero era la hacienda. Cualquiera que interfiriera con los planes acordados tendría que ser liquidado. A estas alturas podía evaluar muy bien a su "nueva familia".

—Ahí hay un costal lleno de arroz —se alegró Carla.

—Está viejo —repuso la mujer. Algo en ella se resistía a hacer negocio. Por otra parte, se dio cuenta de que no se podía deshacer de esa inesperada clientela que insistía en la compra.

—¿Tienes aceite?

—Sí, pero sólo siete botellas.

—¡Bueno, empácamelas en cartones, igualmente las latas de atún que están sobre la repisa!

La mujer sacó dos cartones debajo del mostrador y empezó a empacar las latas ceremoniosamente, sin darle mayor importancia a la creciente impaciencia de Carla. Incluso se tomó el tiempo, de acariciar a un ratoncito que bailaba despreocupado entre las latas, sobre la repisa.

Luzma le dió otra mirada a su entorno en busca de más comestibles.

—¿Las galletas?

—Se las han cascado los ratones, como puedes ver —contestó la mujer sonriendo, sacando a relucir como un trofeo el único diente amarillento que le quedaba.

—Bueno, eso es todo, ¡saca la cuenta! —Urgió Carla, apresurando la partida.

La mujer revolvió el cajón y sacó un lapicero, con el cual empezó a sacar la cuenta sobre la palma de su mano a falta de papel.

—¡330 Intis!

Luzma pagó.

Mientras Carla soltaba los arneses de las tres llamas, José depositó el primer cartón delante de la puerta. Involuntariamente rozó el poncho de Luzma de tal manera que por un momento se vislumbró la metralleta por debajo. "¡Eso es! Es mi única oportunidad", se le pasó por la mente. "Si no funciona, todo habrá acabado". Se propuso entonces volver a rozar el poncho con mayor fuerza al cargar el siguiente cartón. No sería exraño dada la estrechez de la tienda. A toda costa la mujer tenía que percatarse del arma, ¡tenía! Si ya antes había titubeado imperceptiblemente al escuchar el nombre de los lugares mencionados por Luzma, con mayor motivo aumentaría su sospecha al ver que sus clientas andaban con una metralleta debajo del poncho. José tomó el siguiente cartón y cargándolo con destreza dando una ligera vuelta, logró levantar una esquina del poncho. Luzma que estaba conversando animadamente con la dueña de la tienda, no se dio cuenta que José había logrado retirar nuevamente por un momento el poncho del arma. ¿Había visto la mujer lo que debería ver? No podía seguir rozando a Luzma. Se daría cuenta. Además ya sólo quedaban por sacar una caja y un saco de arroz. Era imposible levantar cincuenta kilos a la altura del poncho. Entró otra vez a la tienda, buscando desesperadamente la mirada de la mujer. ¿Es que no has visto el arma?, trató de preguntarle mediante una mirada implorante pero reprimida. Ella seguía como antes, con su semblante aburrido. No se había dado cuenta de absolutamente nada. José se sintió desolado. Para que no se notara su fingida torpeza, primero se dedicó al saco de arroz, luego al tercer y último cartón. Ya no tenía valor de intentarlo de nuevo. En vez de eso, le avisó a Luzma—. Carla ya está terminando de empacar. Podemos partir —. Casi no pudo pronunciar las palabras. Estaba nervioso. Su boca seca, necesitaba un sorbo de agua. No había sido necesario comentar nada, era obvio que los animales estaban listos. "Señora buena, mira para acá", le imploró encarecidamente en sus pensamientos.

—¡Hasta luego, chau chico! ¡Buen viaje! —los despidió la señora, contenta de poder deshacerse por fin de esta gente que de manera inexplicable le había parecido bastante inquietante, que incluso le había dado miedo.

—¡Chau señora! —contestaron Luzma y Carla.

Los tres desamarraron las llamas y se fueron como habían llegado: atravesando la plaza polvorienta, pasando por la iglesia semidestruída y siguiendo por caminos entrelazados.

El destino de José parecía sellado.

9

A José no se le había escapado la afanosa actividad que tenía lugar en el campamento. Desde lejos había estado observando cómo las personas iban y venían de un lugar a otro.

—¡Qué bien que ya hayan regresado! —exclamó Mamani—; apenas se fueron, llegó el mensajero con la noticia que esperábamos. Mañana es el día; partiremos antes de la madrugada.

Ya llegó el momento, pensó José, y sintió una punzada de miedo en la boca del estómago. Sólo faltaban unas horas para que se convirtiera en asesino. O tal vez ya incluso lo habían escogido como víctima. Dadas las circunstancias, quién podía saberlo… Era insoportable sentirse tan impotente, y cada minuto que transcurría aumentaba su desesperación.

Los guerrilleros estaban ocupados con los preparativos, y por primera vez la puerta de la misteriosa tercera casa se encontraba abierta… De allí sacaban cajas de madera que contenían una especie de palos envueltos en papel y los ataban con soga para formar paquetes.

—Estamos preparando los fuegos artificiales para Tres Cruces —bromearon—. ¿Ya no te acuerdas que en Toro también jugamos a eso?

Un incomprensible entusiasmo acompañaba sus palabras. Al día siguiente destruirían una hacienda, asesinarían a personas, y eso les hacía sentirse alegres.

—Esto es dinamita —le explicaron a José de buena gana—. En las minas de la sierra tienen tanta, que nos han donado un poco.

El chiste les hizo mucha gracia y casi no podían parar de reírse. La dinamita, las armas y la munición provenían de los asaltos hechos a las minas y a los puestos policiales. Todo lo que Sendero tocaba, estaba manchado de sangre.

—Mañana te vas a convertir en un camarada, en un verdadero senderista; eso se llama bautizo de fuego —le explicaron, al tiempo que le daban palmadas amistosas en la espalda para animarlo. Y José sintió tal debilidad en las rodillas que le faltó poco para caerse.

Los paquetes de dinamita fueron metidos en los sacos que cargarían las llamas; al amanecer ya sólo habría que sujetarlos sobre los animales, por lo tanto, todos se fueron a dormir con la puesta del sol, comentando que les esperaba un día agotador.

Una vez más, como durante muchas otras noches, José permaneció en vela, con los ojos muy abiertos y la mirada fijamente clavada en las vigas del oscuro techo. Hasta ahora, y a pesar de los terribles acontecimientos vividos, siempre se había podido consolar con la esperanza de un futuro mejor. El futuro acababa de llegar, pero se estaba presentando de una manera muy diferente a la esperada. Era un futuro brutal, mortal, e ineludible. No había solución. Lo obligarían a asesinar, y le habían advertido varias veces: de negarse, lo matarían. Cumpliendo la orden por lo menos permanecería vivo y podría buscar otra oportunidad para fugarse. ¿Pero con qué cargo en su conciencia? Sus propios pensamientos lo asustaron. ¿Qué lo impulsaba a pensar así? ¡Bajo esas circunstancias no podría vivir en Toro nunca más! ¿Qué calma podría encontrar? ¿Cómo se presentaría frente a la tumba de su padre? Avergonzado reprimió todas esas fantasías. Deseaba vivir. Eso era. Simplemente vivir. ¿No sería mejor fugarse de inmediato a la hacienda antes de que se emprendiera el ataque? Así podría alertar a la gente… Ensimismado y adormecido, finalmente concilió el sueño tan anhelado.

Había empezado el nuevo día, pero sería un día sin esperanza de salvación. Apático, José se había unido a la fila de guerrilleros armados.

—Estarás sorprendido, ¿no? —le dijo Carla. Se había percatado de que José observaba desde las alturas, boquiabierto y perplejo, la hacienda Tres Cruces.

¿Has perdido el habla o qué? Esa gente es rica. Ni siquiera saben qué hacer con su plata. ¿Y quiénes son los que sufren bajo el mando de esos latifundistas? ¡Nosotros, los que no tenemos nada más que nuestras miserables vidas!

—¿Y todo eso le pertenece a un solo hombre? —preguntó José dudoso.

—Claro, ¿qué crees? Mejor dicho, a una sola familia, los Romero. Ni siquiera viven aquí. Tienen otro palacio en Arequipa. Los que trabajan son los campesinos y el administrador. ¿Ves ese carro rojo delante de la casa de los señores? Le pertenece al viejo Romero. ¡Qué suerte poder agarrarlo aquí!

Apenas terminó de hablar, cuando aparecieron varias personas en el patio. Un hombre de edad con sombrero de paja se subió al jeep rojo y partió acelerando.

—Caramba, que suerte tiene el tipo —se le escapó a Carla— acaba de salvarse. ¡Pero al explotador ese, mañana sólo le quedarán las ruinas ardientes de su hacienda!

Por primera vez brotó en José un sentimiento raro, inexplicable y contradictorio, que nunca antes había experimentado. ¿Era envidia lo que sentía, o rechazo ante una injusticia? ¿Podría ser que la lucha de Sendero Luminoso se justificara porque perseguía fines justos? Hasta hoy, y durante toda su vida, sólo había escuchado hablar de gente muy rica, pero nunca antes la había visto. Y ahora su mirada recorría esta inmensa hacienda, cuyo dueño tenía un carísimo jeep rojo… Por cierto, en Cotahuasi las casas y tiendas ya le habían parecido grandes y sus dueños adinerados. Pero comparado con lo que se extendía allí abajo en el valle, eso no era nada. ¿Cuántos pueblos como Toro, junto con sus campos de cultivo, cabrían en esta hacienda?

José se impresionó al ver la propiedad: un gran patio cuadrado completamente rodeado de construcciones; en frente del portón de entrada se encontraba la casa de habitación de los dueños y a un costado, bastante apartadas, las viviendas de los peones que trabajaban permanentemente en la hacienda y sus familias. Al lado de este recinto, se encontraban los animales de cría junto con el forraje. Todas las ventanas y puertas de las edificaciones daban al patio. Unos portales bordeaban el patio, sirviendo de protección tanto contra los punzantes rayos solares, como contra los torrenciales aguaceros cotidianos que solían caer durante la época de lluvia. Llamas, alpacas y ovejas pastaban en los campos que se extendían por todo el valle.

El sol ya se había escondido detrás de las cumbres de los cerros. La luz se desvanecía y los colores del atardecer se atenuaban. El verde de los eucaliptos se descomponía, transformándose paulatinamente en azul y en gris azulado, para acabar en un azul nocturno profundo. La noche se había extendido sobre el valle, y desde las laderas de los cerros soplaban los vientos helados del anochecer.

Las señales de luz provenientes de la pendiente del cerro opuesto, confirmaron que el otro grupo, que se había acercado desde el sur, estaba listo para entrar en acción. Mamani empezó a dar órdenes.

—Esperaremos a que oscurezca completamente, entonces atacamos. Cada uno sabe lo que tiene que hacer. Y recuerden que los campesinos tienen que salir ilesos. Los administradores, esos ayudantes del chupasangre de Romero, serán liquidados y no dejaremos piedra sobre piedra.

A José se le crisparon los músculos. En su mente resurgieron las imágenes de Toro ardiendo, y de la cara de su padre.

—José, tú solamente observa —le dijo Mamani con sonrisa malévola—. Hoy aprenderás bastante, ¡y no trates de escaparte! ¡Ya sabes que te encontraremos y te haremos mazamorra! ¿Me entiendes? ¡Carla, ocúpate de él!

José permaneció en silencio. Estaba aliviado de no tener que apuntarle a nadie. ¿Sería que, a sólo unas pocas semanas de los acontecimientos de Toro, Mamani temía darle un arma?

Los senderistas desbloquearon sus armas. De sus cinturones colgaban granadas de mano. Los cartuchos repletos de municiones para las metralletas estaban guardados en bolsos de cuero. A una señal de Mamani, todos se pusieron en movimiento. José le dio una última mirada a la hacienda. En realidad hubiera tenido que estar horrorizado de lo que en pocos momentos sucedería allí abajo. Pero curiosamente sólo sentía indiferencia al respecto. ¿Por qué toda esta tierra que se podía divisar desde aquí arriba, y mucha más, le pertenecía a ese Romero? ¿Y por qué los indios eran tan pobres? ¿Por qué Romero no compartía con ellos algo de su riqueza? ¡Sólo un poco ya bastaría! No comprendía, y curiosamente tampoco sentía consternación alguna al pensar en la suerte que correría la hacienda. ¡Peor aún! Aumentaba incluso su sensación de que Romero se lo merecía. ¿Con qué derecho permanecía sentado egoístamente sobre el montón de plata que tenía? ¿Por qué no compartía sus tierras, sus campos y sus llamas con sus peones?

Desde lejos se escuchó el rugido de un motor. Habían encendido el generador de corriente eléctrica en la hacienda. Poco después se encendieron las luces en el patio.

—¡Apúrate, ven!— gritó Carla.

Se acercaron lentamente a la hacienda. El otro grupo ya se había colado hasta las construcciones.

De pronto todo ocurrió como un relámpago.

Mamani fue el primero en lanzar una granada de mano contra el muro. Esa era la señal para iniciar el ataque. Ahora detonaban las granadas y las bombas de dinamita en todas partes. Del patio provenían gritos aterradores. En una esquina ya estaba ardiendo la casa. Mamani irrumpió con su gente en el patio, y José que se había acercado con Carla vio como los dos administradores eran abatidos a disparos. los campesinos y sus familias se apretujaban muertos de miedo en una esquina.

—¡Agárrense el ganado de los campos y regresen a sus pueblos! Aquí ya no hay nada que trabajar; nosotros combatimos a favor de ustedes —les gritó Mamani en medio del tumulto—. ¡Sus hijos tendrán un futuro mejor!

Nadie se atrevió a moverse, ni mucho menos a abandonar el patio. Asustados permanecieron sentados en su esquina, protegiéndose con los brazos cruzados sobre sus cabezas. Molesto, Mamani disparó una ráfaga diciendo—: ¡Lárguense de una vez, todavía tenemos mucho que hacer aquí!

En silencio, y contentos de haber podido salvar su pellejo, los campesinos se escurrieron por el portón, perdiéndose en la oscuridad.

—¡Dispárenle al ganado de cría, y préndanle fuego al resto! ¡Que sólo queden cenizas para acordarse de Romero!

Triunfante salió un senderista del corral, con un machete en la mano derecha y en la izquierda la cabeza cortada de una llama.

—Camarada Mamani, ¿qué te parece si decoramos los muros con las cabezas del ganado?

—¡Qué buena idea! ¡Degüellen a todos los animales y decoren la entrada con sus cabezas! Así sus ojos grandes de mirada vidriosa se encontrarán con las miradas de la policía o de los militares, y de paso, ¡que les saquen la lengua! Será un banquete para los gallinazos y las moscas.

Riéndose, Mamani se dio la vuelta.

Hasta ahora José se había mantenido callado. Pero cuando vio lo que sucedió con las llamas y alpacas se quebró su corazón de campesino.

—¿Qué les han hecho esos pobres animales?— le preguntó José a Carla con voz ahogada por las lágrimas.

—¡Nada, absolutamente nada!

—¿Y entonces por qué los han matado?

Carla trató de explicarle a José a qué se debía este baño de sangre.

—¡Fíjate que ese Romero sólo ha podido criar animales con la plata proveniente del trabajo de los campesinos! Esos animales producen más lana, más carne, son más resistentes y más frugales. Se alimentan sólo de ichu. Todo eso tú lo sabes. ¿Para qué te cuento? Con ese ganado Romero gana un chupo de plata y va enriqueciéndose más y más, ¿y los pobres cholos esos? Tienen que batallar y vivir como siempre. Dan pena esos bichos, yo te entiendo, pero tuvieron la pésima suerte de pertenecerle a Romero.

Por más increíble que todo le pareciera, las palabras de Carla empezaron a tener efecto en José. ¿Cuántos animales, cuánta lana habrá vendido este latifundista para poder comprarse semejante 4x4 rojo? ¡No, esto no era justo de ninguna manera!

Mamani siguió dando órdenes—: ¡Coloquen las cargas de dinamita y hagan detonar todo lo que queda!

Y sobre el único muro que había quedado entero, escribió con sangre de llama: "¡Viva la lucha popular!" Luego, coreado por los gritos de júbilo de sus combatientes, plantó la bandera roja en las ruinas—: ¡Así firma Sendero Luminoso!

La noche ya estaba avanzada cuando abandonaron la hacienda Tres Cruces. Mamani se acercó a Carla y a José—. Ustedes no van a regresar a Pampachacra. Dos de nosotros los van a acompañar a Aplao. Desde ahí viajarán en un camión, primero a Siguas y luego en bus a Lima. En el pueblo joven Nueva Esperanza los espera el camarada Walter. Aquí tienes su dirección, Carla. Apréndetela de memoria, y luego quema el papel. Seguro es seguro. —Antes de que nos busque la Guardia Republicana ustedes estarán en la capital.

Y a José le dijo—: Allá recibirás mejor instrucción que en tu colegio de Toro; lo principal es que entenderás mejor el sentido de nuestra lucha. ¡Chau, José, y no te hagas bolas! ¿Me escuchas? ¿Crees que no me he dado cuenta de lo que has estado rumiando en tu mente?

Mamani se despidió con unas palmadas benevolentes en su hombro.

—¡Chau Carla, cuídense mucho! Mejor no lleven armas. Podrían tener problemas con controles en el camino. Los dos camaradas los van a cuidar hasta Aplao.

Callados bajaron al valle. José no terminaba de entender a Mamani. Acababa de despedirse de él como un padre a pesar de que una hora antes había asesinado fríamente. ¿Qué le pasaba por la mente a alguien así? José se sentía cada vez más inseguro. No sabía qué conclusión sacar al respecto. Durante las últimas semanas había tenido que vivir situaciones muy contradictorias. ¿Quién actuaba de manera justa y quién injustamente?

José no se daba cuenta de cómo iba aumentando el calor mientras bajaban de los Andes hacia la costa. Caminaba como hipnotizado; sus pies estaban acostumbrados a andar sobre caminos empedrados durante la noche. Los pensamientos zumbaban en su cabeza, intentando reconstruir los hechos de las últimas horas pero también empezando a orientarse autónomamente en una dirección que por un lado le daba miedo y por otro lo asombraba. ¿Qué sería lo que estaría esperándolo en Lima?

La tensión de su incierto futuro se mezclaba con una expectante sensación de aventura.

10

Habían transcurrido tres meses desde los terribles acontecimientos ocurridos el día de la madre. Las flores de la tumba del alcalde se habían marchitado, pero los habitantes de Toro aún no se habían recuperado. Nadie estaba dispuesto a reemplazarlo y ningún profesor se mostraba interesado en postularse para director del colegio. Ni siquiera la Dirección Regional de Educación de Arequipa pudo encontrar un sucesor para el asesinado director. Lo ocurrido en Toro se extendía como una nube negra sobre el pueblo y sus habitantes.

Dos días después del atentado habían llegado unos policías de la Guardia Republicana al pueblo, habían interrogado a los campesinos, y buscando entre las ruinas habían encontrado los restos de los documentos comunitarios. Un grupo de guardas se había quedado en Toro para proporcionarle una cierta sensación de seguridad a la gente, pero los sucesos habían sido demasiado traumáticos como para poder olvidarlos y retomar la rutina cotidiana.

La vida de la señora Quispe había cambiado radicalmente. ¿Cómo trabajar los campos sin la ayuda de su esposo y su hijo mayor? Con sus siete años Mauro era aún muy pequeño. Naty, sin embargo, ya podía dedicarse a los quehaceres de la casa y a cuidar a sus hermanos menores. ¡Si al menos José estuviera presente en estos momentos de sufrimiento! ¿Qué sería de él? ¿Estaría vivo todavía? ¿Y si lo estaba, adónde se lo habrían llevado los terroristas? ¿Habría acaso opuesto resistencia? ¡Era capaz! ¿Se habrían vengado de él? Todas estas y más preguntas abrumaban a la señora Quispe, quitándole el sueño. Pero no encontraba respuesta alguna. Unas extrañas fantasías la torturaban. Una vez creyó verlo muerto, tirado en el polvo; otra vez estaba segura de haberse encontrado con él en el camino que conducía del altiplano hacia Toro. Si alguien golpeaba al portón de entrada ella suponía que sólo podía tratarse de José. Lamentablemente siempre se decepcionaba al abrir la puerta. José seguía desaparecido.

Y llegó la época de cosecha. Amigos y vecinos le ayudaron a la señora Quispe a cosechar el maíz y la quinua maduros. Sin embargo, en dos o tres meses requeriría ayuda nuevamente para la siembra, y ella era consciente de que los demás tendrían que ocuparse primero de sus propios campos y solo a fines de noviembre podrían volverle a ayudar.

—En realidad no sé cómo seguir adelante— le comentó la señora Quispe a su amiga Yolanda. —Si durante esta semana no terminamos de sembrar los campos, la cosecha no alcanzará para vivir. Será nuestro fin.

Yolanda asintió en silencio. Que podía aconsejarle a Juliana? La situación se presentaba desoladora, y los campesinos solo podían dedicarse a cultivar sus campos.

La señora Quispe trató de salvar lo que pudo. Yolanda se ocupaba de los niños, para que su amiga pudiera trabajar de sol a sol. Al atardecer llegaba cansadísima a su casa. Ya no estaba en condiciones de prestarles atención a sus hijos. Muchas veces se dormía en la mesa antes de que ellos se hubieran acostado. A pesar de toda la ayuda recibida, no había logrado sembrar más de la mitad de los campos. Sería una época de dura escasez para esta familia sin padre: la cosecha serviría para calmar solamente una parte del hambre. Aun podrían vender algunos animales para comprar los víveres necesarios; sin embargo, también esta reserva se agotaría pronto. No había esperanza, de que su situación económica mejorara.

La señora Quispe buscaba la compañía de su amiga Yolanda con mayor frecuencia que antes; necesitaba de alguien con quien conversar y a quien consultar. Cada vez más hablaban sobre el incierto futuro que las esperaba.

—En dos o tres años estaremos completamente pobres —sollozó doña Juliana—; para el próximo año ya me falta la semilla, y hace rato que no tenemos suficiente de comer.

—Juliana, hace tiempo que estoy dándole vueltas a ver qué puedes hacer… ¿Alguna vez has pensado en irte de Toro?

Grandes lagrimones empezaron a brotar de los ojos negros de Juliana. Se cubrió la cara con las faldas de su pollera. Consolándola, Yolanda la abrazó por los hombros.

—¡Tranquila, era solo un pensamiento! Pero viéndolo bien, ahora todavía tienes algo de plata para poder empezar una nueva vida en la ciudad. Si se quedan aquí, poco a poco se irán comiendo todo y el próximo año lograrán la mitad de la cosecha y así... En Lima hay otras posibilidades. Ahí hay trabajo, los chicos pueden ir a escuelas mejores, hasta hospitales hay, y luz y agua. ¡Al menos es lo que dice la gente! —exclamó eufórica Yolanda.

— Si no conozco ni un alma en Lima —repuso doña Juliana titubeando. Nuevamente ocultó su cara en sus faldas moviendo desesperadamente la cabeza de un lado a otro. No veía salida a su situación, pero Yolanda la animó—. Mira Juliana, rara vez alguien ha regresado de la ciudad ¿No te parece que eso es una buena señal?

—¿Pero los que vienen de visita, acaso alguna vez han contado qué hacen en la ciudad y de qué viven allá?

—Bueno eso precisamente no, tienes razón, pero de todas maneras parece que ganan suficiente dinero como para visitar a su pueblo. ¡Piensa en tus hijos! ¡En las oportunidades que tendrán! En Lima, donde vive tantísima gente, debe de haber suficiente trabajo.

A Yolanda no le cabía la menor duda de que yéndose a Lima, a la capital, se solucionarían los problemas de Juliana.

La señora Quispe levantó su cara llorosa—. ¿Y qué haremos si allí nos va peor que aquí?

—Entonces regresan. Los chicos crecen y podrán ayudarte, y el pueblo también estará a tu disposición.

Poco a poco se fue tranquilizando doña Juliana. El consejo que le había dado su amiga no le parecía tan mal. Yolanda seguía haciendo planes—. Vende tus llamas, con esa plata podrás pagar el viaje y podrán vivir los primeros meses en Lima, hasta que hayas encontrado trabajo. Las chacras las arriendas y a la casa le echas llave. ¡Te la cuidaremos, no te preocupes!

Doña Juliana se había serenado y se puso a pensar calmadamente, cómo podría empezar una nueva vida en la capital . Finalmente dijo—: Voy a esperar todavía unos meses, si la cosecha es buena, tal vez lo logremos.

Pero la cosecha no fue buena.

Ninguno de sus deseos se había cumplido. Al contrario. A una lluvia escasa en noviembre, le siguió una sequía que duró varias semanas. Se anunciaba una catástrofe. Las capas de hielo que cubrían las cumbres de los volcanes estaban tan frágiles, que el agua del deshielo no alcanzaría para el riego de los campos de cultivo. Por lo tanto a cada campesino sólo se le pudo adjudicar la mitad del agua que había utilizado el año anterior para regar sus tierras. Preocupada, la señora Quispe subió a inspeccionar sus chacras. Para mayo las plantas de maíz ya tenían que haber crecido, produciendo choclos maduros y amarillos. Sin embargo los tallos recién le llegaban a las rodillas; algunas plantas incluso se habían secado. Igualmente el aspecto de las chacras de quinua y de alfalfa era bastante desolador.

Regresando al pueblo se fijó, como nunca antes lo había hecho, en la belleza de su tierra, de la que pronto tendría que despedirse y se detuvo para echar un vistazo sobre el vasto valle. Su mirada rozó el pueblo de Charcana al otro lado, y se deslizó por las laderas de los cerros observando el vuelo circular de los cóndores que en las profundidades buscaban al río Ocoña, cuyas lechosas aguas provenientes del deshielo se dirigían directamente hacia el Océano Pacífico. Como ellos pronto lo harían. En poco tiempo esos cóndores también serán costeños, igual que yo, pensó Juliana, y llegando al pueblo se dirigió de inmediato a la casa de Yolanda.

—Ya no tiene sentido, Yolanda, me rindo, acabo de regresar de las chacras que están ñutas, pero bien ñutas.

—Yo ya sabía que tenías que tomar una decisión ahora —le respondió triste Yolanda—. Todos se quejan de la sequía. Muchos tendrán que vender su ganado para manejar eso de la mala cosecha. Todos tenemos que batallar.

Pocas semanas después, doña Juliana y sus hijos esperaban al borde de la carretera que conducía a la costa. Cada niño cargaba un atado para afrontar el futuro incierto. Antes de que aclarara el día, ya se habían encaminado hacia el altiplano acompañados por unos amigos. Para ahorrar plata no tomaron el ómnibus; prefirieron esperar que pasara un camión que tuviese suficiente cupo para trasladarlos hasta la Panamericana.

Tuvieron suerte. Después de tres horas de espera, pasó un camión que los embarcó. Su carga consistía en costales llenos de papas, sobre los cuales ya se habían sentado algunos pasajeros. La señora Quispe y sus cinco hijos se arrimaron a ellos, envolviéndose en sus ponchos y dándose la vuelta por última vez para mirar los volcanes cubiertos de nieve, que bajo el sol radiante del mediodía iban desapareciendo paulatinamente detrás del horizonte. El camino serpenteaba interminablemente laderas abajo, e interminable también se arremolinaban las nubes de polvo detrás del camión. Mientras más se acercaban a la costa, los valles se presentaban más anchos, calurosos y de un verde más intenso.

—¿Hacia adónde van?—les preguntó una señora de mediana edad después de haber viajado en silencio por cierto tiempo.

—A Lima— le contestó la señora Quispe.

—¿Sólo un viaje, o para quedarse?

—Para quedarnos, lamentablemente, así al menos parece—. Juliana tuvo que esforzarse para poder pronunciar estas palabras. Tenía la sensación de llevar una soga al cuello.

—Ya me lo imaginaba al verlos con tanto equipaje, ¡buena suerte pues entonces!— repuso la otra pasajera y volvió a caer en silencio.

La manera de hablar de la señora, no le levantó para nada el ánimo de Juliana.

Transcurrida otra hora, la señora reanudó la conversación.

— ¿Sabrán en qué se meten, no?

—¿Por qué? —preguntó Juliana con cierta inseguridad, para luego agregar más decididamente— tengo algo de plata para empezar, y además estoy acostumbrada al trabajo duro.

—Todos buscan trabajo en Lima. ¿Tienes idea de lo que cuesta la vida ahí? Tu platita no te va a alcanzar para rato.

La mujer hablaba como si tuviera experiencia de la vida en la capital.

— ¿Cómo sabe usted todo eso? —le preguntó la señora Quispe.

—Es que hemos vivido un par de años ahí. Al principio estuvimos seguros de haber encontrado al paraíso: trabajo, colegios, luz, hospitales. Todo eso estarás buscando también, ¿o no?

—Bueno, claro que sí —contestó Juliana algo dudosa.

Cada palabra de la señora aumentaba el miedo que sentía al pensar en su nuevo futuro, el que acababa de empezar hacía unas horas.

—¿Y cómo les fue?

— Tuvimos que regresar al pueblo. A la mayoría no le gusta admitir que le va peor en las barriadas que en su pueblo. ¿A quién le gusta admitir el fracaso? ¡A nadie! ¿ves? ¯repuso alzando los hombros con indiferencia ¿Ya saben dónde se van a quedar en Lima? ¯siguió indagando.

—No— tartamudeó Juliana con lágrimas en los ojos.

—¿Y adónde piensas pasar las primeras noches con tus hijos?

— En un hotel baratucho quizás, no se me ocurre otra cosa; sólo he estado una vez en una ciudad en toda mi vida.

Con cada pregunta crecían su desesperación y su inseguridad. La señora movía la cabeza: no entendía cómo podía haber gente tan despreocupada. La mayor parte de la gente que se mudaba a la ciudad tenía por lo menos amigos o familia en dónde poder alojarse inicialmente, ¿pero esta mujer con sus hijos…?

—Te voy a dar una dirección, tal vez te puedan ayudar allí. Mi hermano Alberto Huanqui Macedo vive en el pueblo joven 'Dios es Amor'. ¡Dile que su hermana Carmen le manda saludos y que te ayude!

—¡Muchísimas gracias, Carmen, no sé ni qué decir! ¡Qué buena eres!

Se notaba alivio en las palabras de la señora Quispe. Por primera vez desde su partida de Toro sintió que cedía su tensión. Incluso una leve sonrisa se dibujó en sus labios. Llegando a la Panamericana, desembarcaron Juliana y sus hijos. Tendrían que seguir el viaje en ómnibus. Apretándole fugazmente la mano se despidió de Carmen, y con un silencioso saludo de los demás pasajeros que continuaban el viaje a Camaná.

La carretera de Arequipa a Lima era la ruta más frecuentada del país, ya que unía a las dos ciudades más grandes del Perú. Y por ser este un buen negocio, varias compañías de buses se disputaban esta ruta. A pesar de que ya oscurecía, el paradero se encontraba bien concurrido. Los viajeros se aprovisionaban de alimentos para el largo viaje a Lima, comían algo antes de emprender el viaje a Tacna que quedaba cerca de la frontera con Chile, o se apresuraban a buscar un asiento libre en los buses. Los comerciantes desfilaban con sus canastas a lo largo de los buses, ofreciendo con gritos ensordecedores sus mercancías. Se trataba mayormente de pequeñas raciones de comida y bebida. Cada vez que llegaba un bus al paradero, se abrían paso bruscamente en su dirección, para ser los primeros en atender a posibles clientes sedientos y hambrientos.

Nunca antes la señora Quispe o sus hijos habían presenciado un ajetreo de esta índole. Observaban absortos el alboroto, casi olvidándose de que tenían que tomar un bus a la capital. Cual leones los motores empezaron a rugir soltando nubes de hollín hacia el cielo y, tocando cláxones estremecedores, los choferes anunciaban la partida de sus buses exhortando a los pasajeros a tomar asiento. Los policías aumentaban el estruendo dirigiendo el tráfico con pitadas chillonas.

Afortunadamente pudieron comprar seis pasajes para Lima en Transportes Tepsa. La señora Quispe apuró a sus hijos—. ¡Suban rápido, chicos, ahorita ya va a partir el ómnibus!— Y mientras se acomodaban en sus asientos el bus se puso en marcha para emprender el viaje, que con suerte duraría diez y seis horas.

11

Iluminado por el sol de la mañana el océano Pacífico bañaba la costa, a lo largo de la cual y por miles de kilómetros se extendía la Panamericana de norte a sur. Los vapores de niebla que emergían del mar se deslizaban sobre la carretera y sobre las inmensas dunas a las que el viento había dado la forma de una hoz. Llegando al pie de los cerros la neblina se estancaba formando un extenso banco de nubes. Poco a poco aclaraba el día, y, sin embargo, todavía no aparecía ni un ápice de cielo azul. Naty jaló de la manga de su madre y entusiasmada gritó—: ¡Mamá, mamá, mira el agua, mira el mar!

—¡shsss, no hables tan fuerte, la gente todavía está durmiendo! —dijo la señora Quispe tratando de calmar el entusiasmo que invadió a su hija al percatarse del inusual paisaje.

—Por fin, ¿cuándo llegaremos a Lima? —quiso saber la niña.

—Uy, hijita, todavía demora, no será antes del mediodía.

—¿Iremos nada más llegar a la casa de ese hombre extraño?

Evidentemente Naty también sentía la incertidumbre que se había apoderado de toda la familia camino de esa ciudad tan grande y desconocida.

—¿A dónde más podríamos ir, hijita? Por lo menos ahí tendremos a alguien que nos ayude… —y luego de una pausa agregó—: ¡Ojalá!

—Y si no fuera así? —siguió preguntando Naty sin recibir respuesta de su madre.

Con qué palabras habría podido tranquilizar a su hija, si ella misma sentía miedo solo de pensar en el próximo día. Sus esperanzas al respecto eran bastante vagas. Naty se distraía observando el paisaje extraño que pasaba por la ventana del bus. Pequeñas embarcaciones de pesca se desplazaban cerca de la playa jalando sus redes. Los pelícanos volaban a tan poca altura que daban la impresión de tocar las blancas crestas de las olas con la punta de sus alas. Hacia el interior, inmensas máquinas trabajaban la tierra en los campos de caña de azúcar y de algodón. Nunca en su vida había visto este tipo de aparatos. Las casas de los pueblos por los que pasaba el bus eran de vivos colores, unidas por unas raras madejas de cables que pasaban incluso por encima de la pista; y rótulos coloridos con nombres que nunca antes había escuchado bordeaban las calles. Había tanto por ver, tantas impresiones nuevas y extrañas, que el tiempo transcurrió sin que se diera cuenta. La voz del chofer interrumpió sus observaciones.

—Estimados pasajeros, como ya se habrán dado cuenta, nos estamos acercando a la ciudad de Lima. En pocos kilómetros cruzaremos el puesto de control de la Guardia Republicana en Pucusana. ¡Tengan a la mano sus documentos! Todos los pasajeros tendrán que desocupar el bus y mostrar su equipaje en caso de ser requeridos. Desde ahí hasta el terminal de autobuses nos tomará una hora y media.

A Naty todo le pareció bastante raro, por eso le preguntó al acompañante del chofer—: ¿Por qué nos van a revisar?

—Sabes, es por los contrabandistas y los terroristas —explicó gustoso—. Hay gente que compra en Chile mercancías que escasean o son muy caras en el Perú. Luego las venden cobrando hasta el doble en los mercados, pero aún así siguen siendo más baratas que los productos peruanos o los importados. Pero más controlan por los terrucos. A veces viajan a Lima pareciendo pasajeros inofensivos, y ahí empiezan a tirar bombas o a asesinar a policías o a políticos, aparte de cometer otras fechorías más.

Los pasajeros se dejaron requisar pacientemente, presentando sus documentos y su equipaje. Una vez más salió a relucir esa virtud tan propia de los indios que les ayuda a soportar y sobrellevar un tipo de vida tan difícil.

—Estamos llegando a Lima— les informó Naty a sus hermanos dándose aires de importancia.

Elda y Jesús no se mostraron muy interesados. Sin embargo, Mauro y Teresa se dieron cuenta que estaban entrando a un mundo diferente. Mientras tanto el bus, uniéndose al tráfico caótico, se movía entre el mar de casas de la capital.¿Cómo encontrarían su primer alojamiento entre esa muchedumbre?

—¿Cómo puedo llegar a la urbanización Dios es Amor?— Le preguntó la señora Quispe al ayudante.

—No tengo idea, yo no soy de aquí, soy de Arequipa, pero podemos buscarla en el plano de la ciudad.

Inmediatamente procedió a sacar un arrugado mapa de la guantera, del cual, al desplegarlo, salió una nube de polvo, y con el dedo siguió la lista de las urbanizaciones.

—¿Está Usted segura que se trata de una urbanización? ¿No será el nombre de un pueblo joven? —le preguntó dándose aires de conocedor.

La señora Quispe se encogió de hombros. Cómo podría saberlo ella. En el pueblo de donde provenía, no había ni lo uno ni lo otro. Allí solo existían unas cuantas calles y una plaza con un árbol viejo. Así era Toro.

El ayudante empezó a repasar la lista de los pueblos jóvenes.

—Aquí esta, Dios es Amor M1. —Y decididamente buscó con los dedos el cuadrado formado por las filas 1 y M.

— ¡Ay, queda al otro lado de la ciudad! —exclamó mostrándole a la señora Quispe el nombre impreso en rojo. Bastante al noreste de la ciudad quedaba ese "pueblo joven", eufemismo usado para los más recientes asentamientos humanos que como úlceras proliferan al borde de las grandes ciudades.

— Van a tener que tomar un taxi. Con los chicos ycon tanto equipaje no van a entrar en un colectivo o en un bus, y eso… si es que uno de ellos va hasta ahí.

En el terminal de buses se despidió deseándoles suerte. Luego desapareció metiendo el bus al garaje.

Aquí se encontraban ahora, en el umbral de su nueva patria. ¿Patria? En su entorno borboteaba la vida ruidosa y alborotada de la capital. Todos se pusieron a pensar en la tranquilidad de su pueblo.

Al darse cuenta de la desorientación de estos posibles clientes y con ganas de hacer un buen negocio, un taxista se detuvo a su lado—:¿Taxi, señora, necesita un taxi?—gritó a través de la bulla del tráfico. Al toque y sin esperar una respuesta afirmativa de la señora Quispe, estacionó su vetusta carcocha de fabricación americana al lado de ellos y empezó a guardar el equipaje en la maletera. Doña Juliana no pudo oponerse, debido a que los niños ya se habían acomodado sobre el asiento trasero.

—Tenemos que ir a la urbanización Dios es Amor. ¿Sabe usted dónde queda? ¿Nos podría llevar?

—Le va a costar alguito; es lejos y con seis personas y todo el equipaje… ——mordiéndose los labios frunció el ceño como para demostrar su benevolencia al cobrar—: ¡150 intis!

Doña Juliana se asustó. — ¿No me podría hacer una rebajita? No tengo mucha plata y de algo tenemos que vivir hasta que haya encontrado trabajo. Acabamos de llegar de la sierra—añadió preocupada.

—¿120, de acuerdo?

Seguía siendo un dineral, pero no tenía alternativa. Además no quería permanecer esperando con los niños cansados y hambrientos durante horas en el paradero de buses.

El taxista arrancó. Esta ciudad parecía interminable. Casas y chozas por doquier. Los cerros del entorno, por muy pequeños que fueran, estaban llenos de construcciones. Una choza se juntaba a otra, de costado y por encima, pegadas a barrancos inaccesibles. Los ojos no lograban reconfortarse con algún pedacito de verde. Sólo arena y polvo por todas partes, marrón y gris. Después de casi una hora de viaje, el taxi giró abandonando la carretera y se detuvo.

—Bueno, ya llegamos, son 120 intis, señora.

La señora Quispe le alcanzó los billetes cuyo valor casi no se podía distinguir por estar tan mugrientos y dañados. El taxista se humedeció los dedos con la lengua, los empezó a contar rápidamente, y para asombro de doña Juliana dijo—: Allá arriba está el pueblo joven Dios es Amor. Lamentablemente tienen que subir a pie, ya que el transporte hasta la casa no está incluido en el precio.

Rápidamente se había bajado del carro, había depositado el equipaje en la arena y se había largado sin más. Una garúa persistente había empezado a caer del cielo nublado. Jesús se quedó a cuidar los atados más grandes, mientras que la señora Quispe subió despacio junto con los niños por la pista polvorienta en busca de la primera cuadra de la calle Pablo IV.

Naty fue la primera en romper el silencio.

—La señora en el camión habló de una casa a la que deberíamos ir. ¡Aquí no hay casas verdaderas, mamá! ¿Estás segura que éste es el lugar que dice en tu papel?

Tenía razón. Aquí no había casas como en Toro, construidas de adobe y con techos de calamina. Solo chozas hechas de totoras amarradas a unos palos de madera. Como techo servía una totora, cual tapa sobre una caja, cubierta por un toldo de plástico. Toda la fachada de la calle, incluso el pueblo joven entero estaba hecho de totoras. Unos cuantos niños pequeños jugaban con botes de plástico en la arena húmeda. La señora Quispe se acercó a un grupo de mujeres que conversaban animadamente mientras observaban su llegada. Preguntó dónde podía encontrar la casa de Alberto Huanqui Macedo. Le dijeron que aún tenía que subir una cuadra más, para luego doblar a la derecha. Cansados siguieron su camino, hasta encontrar la choza.

—¿Hola, hay alguien aquí? —gritó asomándose a la puerta. —¿Señor Huanqui?

— No está —respondió una voz desde el interior semioscuro. —¿Qué hay? ¿Quién quiere algo de él?

—Quisiera saludarlo departe de su hermana Carmen de Cotahuasi. Ella nos ha dado esta dirección.

—¡Entren!

Algo cohibida, la señora Quispe entró empujando a sus hijos por la puerta. Se asustó al voltear la cabeza. Había dos de estas chozas sobre el pequeño terreno. Una mujer de aproximadamente cuarenta años salió de una de ellas. Usaba ropa sucia y vieja. Detrás de su cuerpo deforme se escondían tres pequeños niños andrajosos. La señora Quispe le dio la mano tímidamente.

—Ayer por la madrugada emprendimos el viaje. Queremos empezar una nueva vida en Lima. Carmen nos dijo que ustedes nos podrían ayudar en algo al principio.

—Yo soy Lucy, la esposa de Alberto —la saludó, tomando su mano, pero sin alegrarse notoriamente por la llegada de los viajeros.

—¡Bienvenidos al infierno! Y no se hagan ilusiones; aquí con nosotros no podrán quedarse por mucho tiempo. Carmen no tiene idea; tenemos apenas dos camas para siete personas.

La señora Quispe enmudeció. ¿Dónde se había metido?

—Pero por lo menos pónganse bajo el techo, si no la garúa los va a mojar—prosiguió en un tono más amable—. ¿Cómo te llamas?

—Me llamo Juliana.

Le presentó a sus hijos uno por uno. Le explicó que Jesús todavía estaba vigilando el equipaje que el taxista había dejado botado en la calle principal.

—Esta noche y los días siguientes pueden quedarse. Mañana te compras una cama. La pones ahí adentro. Abajo en la calle principal siempre hay un mercado, ahí venden camas baratas.

Poco a poco la señora Quispe se iba tranquilizando.

—¡Muchas gracias, Lucy! En verdad no hubiera sabido que hacer, si Carmen no me hubiera ayudado.

—Perdóname que no te haya recibido mejor, pero hace semanas que no me siento bien. Por eso a veces ando malgeniada. La plata no alcanza para ir al médico y en el pueblo todavía no hay una posta médica. Algún día mejorará la situación. Espero no estar embarazada otra vez. ¡En esta miseria no se puede criar hijos dignamente!

La señora Quispe no supo qué responderle. Así que ésta era la capital en la que al parecer había de todo: Escuelas, hospitales. Y conscientemente se habían arriesgado a vivir ésta aventura.

—Qué pena que no estés bien de salud. No seremos mucha carga para ti…de repente una o dos noches, nada más, en caso que no te incomodemos mucho.

—Está bien, no te preocupes, —dijo Lucy. Alberto te ayudará el domingo cuando tenga tiempo. Les buscará un pedazo de desierto para que se levanten su choza de totoras, como hacen todos por aquí. Creo que todavía hay unos terrenos libres en las afueras de Dios es Amor, no serán los mejores, pero ¿qué de bueno hay por aquí?

Cada una de sus palabras reflejaba las ilusiones que se había hecho,…mucho antes.

El viento y la arena las habían dispersado.

12

Un humo negro se esparcía sobre la urbanización Santa Anita. Aullaban sirenas y la gente huía del rochabus cuyo potente chorro de agua pretendía dispersarla. Gritando y maldiciendo, todos corrían en busca de protección detrás de carros y árboles. Individuos de temible apariencia con pesados escudos y botas los perseguían con garrotes y escopetas. Las piedras caían como granizo, y las bombas de humo silbaban por el aire dejando un rastro visible antes de caer entre la muchedumbre espantada, envolviéndola en su humareda venenosa. Reinaba el caos.

Desde las profundidades de ese caos emergía una voz que alentaba a la gente a seguir la protesta: —¡Defiéndanse! ¡Defiéndanse contra la injusticia!

Su insistencia implacable aumentaba la resistencia de las masas—:Están destruyendo sus pertenencias e incendiando sus casas, ¡defiéndanse! ¡No tienen nada que perder!

La superioridad numérica de la policía obligaba a los manifestantes a retroceder para no correr el riesgo de terminar por tiempo indefinido en la cárcel. Se conocían casos de muchos que tras caer en manos de la policía nunca más habían vuelto a aparecer… El oscuro muro humano, protegido hasta los dientes con su vestimenta especial, se acercaba más y más, a paso rítmico y derribando sin piedad a cualquiera que se interpusiera en su camino.

Nuevamente la voz se imponía al tumulto.

—¡Defiéndanse, demuestren su fuerza, demuéstrensela a estos carniceros del pueblo!

Era José. Se había convertido en líder de los invasores de Santa Anita, un grupo de familias que habiendo bajado hacía algunos meses desde la sierra a Lima habían levantado sus chozas de totora entre las jardineras, en medio del parque. Todas las exhortaciones por parte del ayuntamiento para que abandonaran el terreno fueron en vano. Los invasores siguieron oponiéndose tercamente, hasta que aparecieron caterpilars que arrasaron sistemáticamente con todas sus pertenencias y formaron con ellas una gran montaña, a la cual finalmente se prendió fuego. Las llamas pusieron fin a la resistencia. Para salvar su vida, los campesinos y sus familias tuvieron que huir.

Terriblemente alterado volvió José al pueblo joven Nueva Esperanza. La inmensa rabia que sentía no le permitió encontrar palabras adecuadas para relatar lo que acababa de presenciar.

—¡Puercos, son unos puercos, carambas! Los policías han arreado a las mujeres y a los niños como si fueran ganado. Seguro que algunos niños se han ahogado con el gas lacrimógeno. Al tratar de escapar de la policía, unas madres con sus guaguas en los brazos cayeron al suelo. Lo he visto. ¡Fue espantoso! ¡No les han dado ninguna oportunidad, ninguna... ni esto! Y con los dedos trató de representar una cantidad miserable.

— Si esa gente antes no tenía casi nada, ahora ya no tienen absolutamente nada, ni siquiera una frazada.¡Fue terrible!

Escondiendo la cara entre sus manos, permaneció así por largo tiempo hasta conseguir serenarse.

—¡Tranquilízate ya!

Walter trató de aplacar la exaltación de José.

—Gracias a situaciones como éstas se ratifica nuestra lucha. Esos pobres diablos de Nueva Esperanza tienen que sacrificarse en favor de todos los demás. Llegará el día en que nuestros compatriotas oprimidos y empobrecidos se darán cuenta de su situación. ¡Así como hoy! Y entonces se unirán a nuestra lucha revolucionaria; estoy seguro de que ya les ha llegado su hora a los ricos.¡No te preocupes! No dejemos que la ira y la cólera obnubilen nuestra mente, ya que la necesitamos clara para poder hacerle frente a la policía.

Hacía ya algún tiempo Walter había notado un cambio rotundo en la manera de pensar y actuar de José .Al inicio de su estadía en Lima lo habían sometido a una vigilancia permanente. A pesar de que el peligro de fuga ya había disminuido, no se podía saber lo que le pasaba por la mente del chico. Un repentino sentimiento de añoranza, por ejemplo, bastaría para destruir todo lo logrado. Pero mientras más confrontado se veía con las grandes diferencias sociales existentes en cada esquina de Lima, más se iba identificando José con las metas revolucionarias de Sendero Luminoso. Era obvio. Desde que José se había percatado de la riqueza de los latifundistas en la hacienda Tres Cruces, su perspectiva se había agudizado, ampliando así su percepción de la injusticia que reinaba en todo el país. La capacitación política no era nada en comparación con lo que se había logrado mediante el levantamiento de los campesinos y su lucha en contra de la policía. Mamani había tenido razón. Siempre había afirmado que Lima sería la mejor escuela para los jóvenes guerrilleros incipientes. La experiencia vivida hoy por José lo había convertido en un senderista.

—Tenemos que hacer algo; no podemos quedarnos mirando —empezó a hablar José, sintiendo la misma desesperación que anteriormente había experimentado una sola vez en su vida: a la muerte de su padre hacía tres años.

—Vamos a reaccionar, pero con cautela —respondió Walter. Un error, por más mínimo que sea, puede destruir toda nuestra misión. Sabrás que el próximo año en abril se elegirá un nuevo presidente de la República. Para poder ejecutar nuestras acciones, por no decir para poder tocar nuestra música de fondo, necesitaremos mucha fuerza. La tal oligarquía, la gente de plata y poder, harán lo humanamente posible, movilizando las fuerzas policiales y militares, para lograr la elección de un presidente proveniente de su propia clase.

Walter sintió que el momento no podía ser más oportuno. José estaba preparado para unirse a la guerilla urbana. Tenía que aprovechar la situación. Con la mirada le hizo una señal a Carla. Ella entendió.

Según Walter, habían tenido suerte de que José hubiera sido testigo de la brutal acción policial durante la tarde. Regresando de su puesto de trabajo en casa de la familia Lozada, ubicada en la zona residencial de La Molina, José se vio atrapado entre los frentes formados por los policías antimotines y los campesinos. La gente muerta de miedo gritando con pánico, el penetrante olor a plástico quemado, las llamas ardientes sobre las chozas, los catres rechinando debajo de las cadenas de los pesados caterpilars, todo eso lo había hecho saltar súbitamente del bus urbano en el que viajaba, para ponerse al frente de los insurgentes y organizar su resistencia.

—Walter, no podemos quedarnos mirando, ¿te das cuenta? —José persistía en la necesidad de reaccionar ante los sucesos de los que había sido testigo.La gente tiene que sentir el apoyo de Sendero.¿Carla, tú qué dices a todo esto?

Carla había estado escuchando atentamente.

—Tienes razón, José, pero hazle caso a Walter; él ya lleva en esto diez años. Sabe lo que dice.

Walter asintió y empezó a forjar el hierro mientras estaba caliente.

—Esta noche irán a Santa Anita, tú, Carla, y Coco de chofer.

—Fantástico —se alegró José entusiasmado. ¿Cuándo y dónde?

—Van a pintar consignas de propaganda en las paredes cerca del parque en el que se llevaron a cabo los atropellos. Tú José les vas a enseñar el camino.

Impaciente, José casi no podía esperara iniciar por fin su primera acción revolucionaria. Sabía que era peligrosa. Si los atrapaban, incluso sin explosivos, serían arrestados y enjuiciados como terroristas. Afanosamente ayudó a cargar el carro con pintura y brochas.

—Hoy es sábado, mucha gente no sale hasta entrada la noche. No llamaremos la atención. Saldremos un poco antes de la medianoche— decidió Carla.

Demasiado lentas transcurrieron las horas de la tarde y del anochecer; así lo sintió José, que estaba muy nervioso, y solo se tranquilizó estando sentado en el carro con rumbo a la ciudad.

—¿Lo huelen?— preguntó José cuando doblaron para entrar a una calle paralela al parque. Apestaba horriblemente a plástico y jebe quemado. Ambos asintieron—: allá atrás está el parque del que todavía sale olor a humo.

Desde el asiento de atrás, Carla dirigía a Coco por entre las calles.—Tenemos que tener cuidado. Controlan a todos los que se acercan al parque. ¡Párate aquí a la derecha! —le ordenó, y él estacionó el carro entre dos árboles, como si perteneciera a una de las casas.

—¡José, asómate a la esquina para echar lente!— le ordenó Carla a José—. Algunos de los faroles no funcionan y por la pared no hay luz, eso nos conviene.

Cautelosamente José se dirigió al parque, y regresó tranquilo.

—Están vigilando todo el campo. ¡Pero todos los guachis están al otro lado fumándose un cigarrito! Se sienten bien fuertes por el buen trabajo que han hecho.

—Bueno, entonces trabajaremos ahí adelante. Coco, tu aguaitas, José y yo pintamos. Se quedan abiertas las puertas del carro.

Cuidadosamente llevaron los baldes de pintura roja hasta la pared. José introdujo gustoso la brocha en la espesa pintura y escribió con grandes letras: "¡Que muera el APRA"! Se sintió satisfecho y contento murmurando para sí que los opresores se merecían que pintarrajearan sus propiedades. La pintura roja corría por entre sus dedos como si fuera sangre coagulada. Las letras crecían torcidas. A la pared le pudo confiar todo su odio represado.

De pronto Carla puso fin a su orgía en rojo.

—¡Ya basta, José, ven, tenemos que irnos!

En su semblante Carla había notado las ganas que José sentía de bañar de rojo todas las paredes blancas de Santa Anita. Su odio habría podido alcanzar para todas.

13

—¿Por qué llegas tan tarde? —gruñó bruscamente la empleada del hogar al abrirle a José el portón del patio—.La señora ya ha preguntado varias veces por ti, está caliente.

—Los choferes de ómnibus están en huelga otra vez. Es casi imposible agarrar un puesto. ¡Hasta por ir parada en los camiones la gente se está matando! —balbuceó José tratando de disculparse—. Por eso me he demorado dos horas.

—La señora quiere salir al centro, dice que prepares el carro.

Sin pronunciar palabra, José sacó un trapo de la lavandería y se dirigió al garaje. El día anterior le había dado una buena limpieza por dentro y por fuera al Jeep Cherokee de la señora; sin embargo, distraídamente le pasó el trapo al charol brillante del carro, tal como se lo habían ordenado. Luego abrió el portón del garaje. La señora Lozada le hizo sentir su disgusto, subiéndose sin siquiera dirigirle la mirada,y mientras salían retro-cediendo a la calle le ordenó que limpiara la entrada del garaje para encontrarla limpia a su regreso; también le dijo que él ya debería saber, cómo se acostumbraba hacer la limpieza en su casa.

Hacía casi dos años que José trabajaba para la familia Lozada. No era el único empleado de la casa. Aparte de él había una cocinera, un jardinero y la empleada que lo acababa de recibir con tan poca amabilidad. Todos los días viajaba desde el pueblo joven Nueva Esperanza hasta La Molina. Por ser buen trabajador se había ganado una cierta confianza de la familia. La conducta de la señora Lozada no era en sí contradictoria; ella no sentía la necesidad de darles un buen trato a sus empleados porque no los veía como sus semejantes. Todos ya se habían acostumbrado a eso. Tomando en cuenta las condiciones salariales del país, no ganaba tan mal. Al menos recibía 900 intis, que cambiados en el mercado negro equivalían a 25 dólares.

José se dedicaba a todo tipo de oficios: tenía que hacer pequeñas reparaciones en la casa, mantener limpios los carros y los garajes, y si lo requerían, les ayudaba en todo a los demás empleados. Sin embargo, la benevolencia de sus patrones podía transformarse rápidamente en lo contrario, sin razón aparente, así como acababa de suceder esa mañana.

Hasta ahora su doble vida no le había producido ningún cargo de conciencia. Pensándolo bien, no le iba tan mal. Ganaba su plata y comía donde los Lozada. La célula terrorista era su nueva familia: Carla, Coco y Walter. Sus amigos eran muchos otros camaradas que vivían igualmente dispersos en el pueblo joven Nueva Esperanza. Solamente durante los primeros meses después de su captura había pensado en fugarse. Sin darse mucha cuenta, la instrucción recibida de Walter, con el cuál poco a poco había entablado una relación amistosa, mezclada con un aire de aventura, había hecho efecto en José. Lentamente, pero de manera segura, había sido adoctrinado. Entretanto ya estaba dedicándose a la lectura de las obras políticas del presidente Gonzalo.

Desde que había presenciado los acontecimientos en Santa Anita, todo había cambiado. Tenía que hacer de tripas corazón para poder aguantar día a día la vida bajo el mismo techo con los ricos en La Molina. Con cada exhortación al trabajo, crecían su aversión y su resistencia. José le había confiado a Walter sus sentimientos y pensamientos. Walter por su parte le había dado a entender muy claramente que de todas maneras tendría que aguantar esa situación, que servía para disimular su verdadera convicción.

Mordiéndose los labios, José empezó a barrer la entrada; después de trapearla, le aplicó cera al piso, tal como le gustaba a la señora. Para terminar les sacó tanto brillo con la lustradora a las baldosas de mármol, que el azul del cielo se reflejaba en ellas. Cada vez que regaba las plantas y el pasto, se acordaba de que en Lima todos se quejaban de la escasez de agua. En los pueblos jóvenes, la gente tenía que comprar por bidones la que traían los carros cisterna, pagando por ellos precios casi inalcanzables.

La casa de los Lozada era inmensa. Cada uno de sus cuatro hijos tenía su dormitorio con baño propio. La sala daba a un jardín rodeado por un muro de dos metros de altura, sobre el cual estaba instalado un cerco eléctrico de alto voltaje contra robos. Como eran regados diariamente, los inmensos plátanos, los floripondios, los cardenales y los ficus crecían de maravilla. En comparación con el color grisáceo del desierto de Nueva Esperanza, localizado al borde de la cuidad, el contraste no podía ser mayor. Con qué agua se hubiera podido regar plantas en un pueblo joven, ¡si allí no alcanzaba ni para lavarse! Ya era motivo de esperanza el hecho de que nadie se muriera de sed.

Mientras movía la lustradora de un lado a otro, José se sintió mareado de pronto. Se le aparecían imágenes que luego se desvanecían: niños pordioseros y sucios en la Nueva Esperanza, niños vestidos con uniformes relucientes en La Molina. Abdómenes hinchados y dientes podridos en mandíbulas juveniles por allá, dentaduras tratadas con ortodoncia por aquí. Un radio transistor polvoriento por allá, televisores y equipos de música por aquí. Qué harían todos los campesinos del país si supieran lo que se estaba llevando a cabo en sus ciudades? Se preguntó José….Seguramente no harían nada. Nada, como no habían hecho nada durante siglos. ¿Cuántas veces habían tratado de sublevarse los indios? En contra de los españoles, en contra de los republicanos, en contra de los demócratas, en contra de todos aquellos que siempre los habían engañado con sus promesas. ¿Y qué habían logrado? No habían tenido éxito alguno. Nunca habían dejado de ser pobres, y seguían siéndolo hasta el día de hoy.¿Y Sendero Luminoso? Por fin se luchaba a favor de los pobres y en contra de los ricos satisfechos.

Tres toques de claxon interrumpieron los pensamientos de José. Era la señal para abrirle el portón a un miembro de la familia.

—Llévate las cosas del carro a la casa—le ordenó la señora Lozada concisamente.

Justo cuando estaba abriendo la maletera, Felipe, el menor de la familia, se bajó del ómnibus del colegio.

—Hola José—saludó brevemente—.¡Toma mi mochila!

En seguida, soltó la mochila, y dejándola caer frente a los pies de José entró a la casa. Pacientemente José se agachó para levantarla, y junto con las demás cosas se dirigió a la casa.

—La próxima semana mi esposo y yo viajaremos a Miami, tendrás que dormir aquí— le dijo la señora Lozada de paso.

—Por supuesto, señora —le contestó José de manera sumisa para no molestarla.

No tenía otra alternativa. Tenía que obedecer. Si se hubiera opuesto, habría sido su último día de trabajo. Ya se había enterado que uno podía ser despedido de la noche a la mañana sin problema alguno. José se preguntó a qué se debía ese maltrato por parte de los patrones. ¿A qué se debía que los indios se diferenciaran de los blancos como los Lozada?¿Sería solamente por el color moreno de su piel?¿O sería por su procedencia de la sierra? A veces la señora se mostraba bastante condescendiente con él; pero solamente a veces. Normalmente lo hacía sentirse como un pobre cholo, un campesino incapaz de hacer labores distintas de las más ínfimas. La situación laboral de la empleada era la misma. Le daban de comer y le pagaban un sueldo con el que sin ser muy exigente apenas podía sobrevivir; vivía en la casa y trabajaba incluso por las noches, toda la semana, con solo unas horas libres los domingos. Y, sin embargo, le había confiado a José que estaba contenta de haber podido conseguir por lo menos ese trabajo.

—¿Qué te pasa José? —le preguntó la señora Lozada. Se había dado cuenta que estaba decaído.—Hace días que estás raro, ¿no te me irás a enfermar, no?

—No, señora, no es nada—trató de disipar sus dudas.

—¡Termina temprano hoy; te puedes ir a las cuatro!—declaró, sintiéndose muy satisfecha en su rol de patrona generosa.

—¡Que Dios se lo pague, señora! —le contestó José cabizbajo.

¿Por cuánto tiempo más estaría en condiciones de aguantar esta situación? Quería hablar con Walter al respecto ese mismo día. En la tarde tomó el bus, y medio aplastado por la cantidad de trabajadores malolientes que regresaban a sus casas, regresó a su pueblo joven.

La estrechez, el sudor, la pestilencia, el polvo, la bulla, todo eso formaba parte de la vida cotidiana en la capital, todo eso, menos las lágrimas.

14

José seguía trabajando para los Lozada. Walter le había aclarado enfáticamente que ante la idea revolucionaria sus sentimientos personales no eran prioritarios; que aunque le costara mucho esfuerzo, siguiera aguantando su situación. Bromeando, incluso le había dicho que su camuflaje era más bien su mejor seguro de vida.

Y hacía meses que José seguía aguantando. En los últimos días había habido un alboroto extraño en la casa de Walter. Con frecuencia aparecían personas, a las que José no había visto nunca, que se quedaban por unas horas, conversaban aparte con Walter, y luego desaparecían para nunca más volver. Todo era muy misterioso.

—¿Alguna vez nos enteraremos de lo que está pasando? —preguntó José con reproche.

—Apenas haya terminado la planificación, se enterarán de todo —trató de tranquilizarlos Walter—. Mientras menos involucrados estén en los preliminares, mejor será para la causa. Es por su propia seguridad.

—¿Seguro que todo tiene que ver con el 28. de julio? —siguió insistiendo José.

—¡Lo adivinaste! Ese es el día en que hace ciento cincuenta años los peruanos se deshicieron del yugo español para independizarse. Debería ser un día de júbilo. ¿Pero en qué se ha transformado? Es el día en que el gobierno año tras año vuelve a engañar al pueblo diciéndole cómo ha velado por él. Pero este año le arruinaremos el festejo —prometió Walter con voz dura.

—Seguro que será peligroso —comentó José—. En las Fiestas Patrias abundan los militares y la Guardia Republicana.

—Tienes razón, más que nada porque vamos a actuar en pleno día. Se van a dar cuenta, que Sendero no sólo es capaz de combatir de noche. El Presidente Gonzalo ha ordenado que nuestra lucha sea más intransigente.

José se dio cuenta de que Walter no quería divulgar más detalles, por lo tanto prescindió de hacer más preguntas. Estaba seguro de que a su debido tiempo se darían las explicaciones pertinentes; pero su ansiedad aumentó.

El día festivo más importante del país se aproximaba, y la bandera rojiblanca ondeaba en los techos de las casas, principalmente en Lima donde las fiestas patrias se celebraban con particular pompa. Practicando pasos acompasados, los alumnos de primaria y secundaria desfilaban interminablemente por los patios escolares y las calles de las ciudades. En cada rincón del país se preparaba el homenaje al pabellón nacional.

En el pueblo joven Nueva Esperanza se desarrollaba una ardua labor. Sobre la plataforma de una camioneta Toyota se había instalado un triciclo, igual a los que usaban miles de vendedores ambulantes que se ganaban la vida en las calles de Lima. Renato estaba ocupado en envolver con cinta aislante varios cartuchos de dinamita y sujetar una granada de mano en cada paquete, metiendo cada una de estas bombas en bolsas de plástico de manera que solo asomaran los extremos. Walter les explicó a sus combatientes que todo eso hacía parte de un plan terrorista. Para que pudieran visualizarlo había colgado un plano de la ciudad en la pared, marcando el cruce que sería el punto de acción.

Con riguroso tono militar, Walter dio inicio a su discurso para explicarles a los combatientes la situación.

—¡Camaradas, llegó el momento! Continúa la lucha.

Sentados e inmóviles, todos prestaron atención.

—El miércoles 26 de julio, dos días antes de las Fiestas Patrias, ¡iniciaremos un nuevo ciclo en nuestra lucha contra la oligarquía! Nuestro objetivo será la Guardia Nacional, que para hacer el cambio de guardia respectivo se movilizará en bus hasta el palacio presidencial.

La mirada de José se iluminó llena de expectativa; se acercaba el momento de superarse. Su ansiedad aumentó.

—Hace semanas hemos observado que el bus atraviesa el cruce entre las calles Jirón Zorritos y Chamaya a eso de las cinco de la tarde.

Señalando el lugar en el plano de la ciudad con una varita de bambú, Walter prosiguió—: ¡Presten atención y memoricen todo bien! Después voy a tener que quemar lo que esté escrito. ¡Por nuestra seguridad! Todo tiene que quedar bien marcado en sus cabezas. Absolutamente todo, por muy insignificante que sea.

Walter siguió aclarando su plan en el mapa.

—Carla y José: empujando el triciclo como si fueran vendedores ambulantes, ustedes se atravesarán en el camino del bus. Aquí, exactamente en este lugar.

Colocó la varita en el punto preciso del cruce.

—Un poco antes de iniciar la acción, Luis y Renato les comprarán unas naranjas a Carla y José, sacando de paso las bombas de dinamita; luego de activarlas, las lanzarán debajo del bus justo cuando este tenga que frenar por el triciclo de Carla y José. Edgar y Pablo, ustedes llevarán a

Carla y José a la calle Chamaya. El punto de encuentro será la plaza Dos de Mayo. Ahí los dos estarán esperándolos a ustedes cuatro. Oigan, sólo tenemos dos días más para los preparativos restantes!

Al día siguiente, José se dirigió directamente desde La Molina al centro, para encontrarse con Carla. Walter les había encargado a los grupos inspeccionar por separado el lugar del atentado. La calle no era muy ancha. En cada dirección había un solo carril que fácilmente podía ser bloqueado. Los vendedores se ubicaban a lado y lado con sus triciclos, ofreciendo sus productos a lo largo de la vía Nadie se fijaría en ellos. Además, a esa hora de la tarde el enorme tumulto formado por gente, triciclos y carros sólo permitía moverse paso a paso.

—¿Ha pasado puntualmente el bus? —le preguntó José a Carla al llegar atrasado en media hora al cruce.

—¡Puntualazo! Como si no fueran peruanos. Viene desde ahí y se dirige por aquí al centro. Con la mano mostró en dirección del Jirón.

—Con tanto alboroto no será difícil desaparecernos —constató José aliviado.

Carla asintió—: Desaparecernos sí, pero fugarnos no. En caso de que te tropieces o empujes a alguien, te friegas, ¿te das cuenta de eso, José?

Exploraron varias posibilidades de fuga, así como el camino al lugar de encuentro. Llegando a casa le comunicaron a Walter que en lo relacionado con ellos el plan era factible.

Argumentando que deseaba visitar a su familia en Chivay, José había pedido vacaciones por las Fiestas Patrias. Era algo muy normal, ya que por esta fecha casi todo el país se encontraba de viaje.Carla y José partieron al mediodía del 26 de julio. Su triciclo estaba colmado de naranjas y plátanos. Por encima iba una balanza de mano, por debajo la carga explosiva. Edgar y Pablo los dejaron en una calle cercana al Jirón Zorritos. El último kilómetro lo hicieron en bici. Se instalaron en la esquina por la que pasaría el bus, y esperaron que transcurriera el tiempo. A lo largo de la calle se observaba el ajetreo cotidiano: puestos de venta enfilados uno tras otro y gente que compraba algo de vez en cuando. Cerca de las cuatro y media aparecieron Luis y Renato. Carla y José fingieron finalizar su jornada, y empezaron a desmontar el puesto. Empujaron el triciclo apartándolo del borde. Sin dirigirse la mirada, doblaron y entraron a la calle Chamaya. Como en el cruce mismo no había espacio suficiente para dar la vuelta, tuvieron que seguir subiendo la calle para hacerlo. Nuevamente se acercaron a un cruce, en dirección contraria.

—Adelante, en el Jirón metes el freno —le ordenó Carla a José en voz baja.

—¡Todo cheque!—

Apenas pudieron ver la calle completamente, José accionó una pequeña palanca escondida. La llanta quedó bloqueada sin poder ceder ni un centímetro. José fingió haberse molestado—: ¿Qué le habrá pasado a esta maldita carreta?

Renegando se agachó para darle un vistazo a la cadena. Carla observaba la calle. El minutero del reloj ya se estaba acercando a la hora completa. José fingió no poder mover el triciclo.

—¿Se les ha malogrado ese vejestorio?

Se mataron de risa dos jóvenes que pretendían comprar un kilo de naranjas. Eran Luis y Renato.

—Tampoco sé lo que pasa —gruñó José molesto; de pronto se escuchó un crujido extraño en el eje y ya no se pudo mover la rueda. Pero ya lo arreglaremos, aunque tenga que darle con el martillo, no sería la primera vez. ¡Gracias de todas maneras!

Carla le dio un empujón por detrás a José.

—El bus, por ahí atrás está viniendo, faltan como 300 metros.

José seguía fingiendo querer arreglar afanosamente el triciclo. Con el rabillo del ojo sin embargo observaba como un bus azul trataba de abrirse paso por entre el tráfico de la tarde.

Carla depositó unas naranjas en la balanza, las pesó y luego las introdujo a una bolsa de plástico rosado. En vez de tomar la bolsa, Luís y Renato sacaron dos bolsas de igual color por debajo del montón de naranjas. Mientras tanto el bus se había acercado a diez metros. De golpe José soltó el mecanismo y le dio un fuerte empujón al triciclo. Este se puso en marcha enrumbándose hacia el centro del cruce. Unos frenos chillaron. El triciclo quedó aplastado por el bus. Cual pelotas de tenis, las naranjas rodaron por la calle, dándole un aspecto casi alegre al pavimento. Aprovechando el alboroto, Luís y Renato soltaron con un solo ademán el seguro de las granadas de mano, y lanzaron las bolsas de plástico por debajo del bus estacionado. Carla y José ya habían emprendido la fuga desapareciendo por entre la muchedumbre. Estando ellos a media cuadra de distancia, explotaron las bombas. Se escucharon disparos y gritos agudos. Corrieron a todo dar; al creerse a salvo se detuvieron y agitados se arrimaron a una pared. La calle se convirtió en un caos. La gente lloraba, gritaba, y corría sin rumbo por doquier. Carla y José se separaron.

Transcurrida una hora, una extraña curiosidad obligó a José a regresar al lugar del atentado. Había empezado a garuar. Enrumbándose discretamente en dirección semicircular, por el Jirón, se acercó al lugar de devastación y muerte. En el cruce los policías daban instrucciones, enfermeros con camillas trataban de llegar hasta los heridos que tirados en la calle gemían de dolor. José buscó el bus. La mitad del techo había sido desgarrada. De las ventanas sin vidrios colgaban raramente dislocados brazos y piernas uniformadas de los soldados muertos. Los asientos debajo de los cuales habían detonado las bombas habían sido catapultados a través del techo a la calle, y los pasajeros del bus con ellos. La sangre, mezclada con la lluvia, se abría paso en forma de riachuelo de color rojo intenso por entre la tierra de la calle. José clavó la mirada en los escombros y en los cuerpos inertes, destrozados, que asomaban parcialmente por debajo de los periódicos con los que estaban cubiertos provisionalmente. José se fijó en los rostros transformados en muecas de dolor de los soldados heridos. Delante de sus pies vio en el suelo una gorra de uniforme bañada en sangre. Ya no estaba en condiciones de percatarse de los gritos de los socorristas o de las voces irritadas de la gente que lo rodeaba en la calle.

"Eres culpable de todo lo que estás viendo aquí y de todo lo que ha ocurrido", se dijo a sí mismo de manera determinante. "Ahora eres uno de los que pusieron fin a la vida de tu padre"…

Pensativo José abandonó el lugar manchado de sangre. Carla ya lo estaba esperando en el punto de encuentro acordado.

—Todo ha salido a la perfección, Walter va a estar encantado. ¡Ahí vienen Pablo y Edgar!

Carla sonaba aliviada.

—¿Dónde están Renato y Luis? —preguntó Edgar enérgicamente —no podemos quedarnos parados aquí por mucho tiempo sin llamar la atención.

Carla y José se subieron al vehículo tratando de disimular la impaciencia que evidenciaban sus miradas inquietas. No se veía ni rastro de sus compañeros. Carla trató de disipar la preocupación de los demás diciendo— ¿Quizás ya han regresado a Nueva Esperanza tomando otro camino?

Pero allí tampoco habían llegado. Walter estaba furioso.

—¡Si es que los han agarrado se van a fregar! —exclamó enfáticamente mientras iba y venía dentro de la choza. De pronto se detuvo al interrumpirse la música en la radio, y con un ademán hizo callar a todos—: seguro que van a anunciar nuestra acción, ¡hermanos!—anunció con el semblante iluminado.

"Interrumpimos nuestro programa para dar paso al siguiente aviso: hoy a las cinco de la tarde Sendero Luminoso cometió un repudiable atentado en contra de la Guardia Nacional. En pleno cruce entre las calles Chamaya y el Jirón Zorritos, los terroristas hicieron detonar dos bombas bajo de un bus del ejército peruano que transportaba una veintena de soldados para el cambio de guardia del palacio presidencial. Ocho soldados perecieron al instante. Otros diez, gravemente heridos, fueron transportados al hospital militar. Igualmente hubo victimas que lamentar entre los peatones. Hasta la fecha todavía no se conoce su número exacto. La policía presume que por lo menos cuatro terroristas estuvieron involucrados en el atentado. Al pretender huir, uno de ellos fue abatido, mientras que otro fue herido y se encuentra de momento bajo custodia policial. Seguiremos informando en vivo y en directo, apenas las autoridades nos pongan al tanto de más detalles."

—Fue un éxito rotundo, compañeros!—dijo Walter—. Hemos atacado al enemigo en su capital, causándole una baja contundente. Tú, José, valientemente has aprobado esta prueba.

José, por su parte, no estaba seguro de si debería sentirse orgulloso o más bien triste por lo que había hecho. Ayer todavía había querido demostrarles su indignación a todos esos Lozadas o como se llamaran los explotadores. Ahora, sin embargo, sólo estaba en condiciones de sonreír tímida e inseguramente. Tal vez no debería haber regresado al Jirón. ¿O quizás lo había hecho para poder saborear una sensación de triunfo? Se sentía inseguro y decepcionado, no triunfante. Trató de tranquilizarse pensando que probablemente esa sensación tan contradictoria y confusa era bastante común después de haber perpetrado el primer ataque.

Mientras más pensaba en ello, más se entremezclaban los espantosos sucesos de esa tarde y los que habían tenido lugar en Santa Anita. De nuevo volvieron a presentársele las mismas imágenes: La policía crispada, las caras llenas de odio, las chozas en llamas, las lágrimas de las madres y de los niños, los rochabuses cuyos fuertes chorros de agua derribaban a los insurgentes. Las fumarolas de aquel día empezaron a confundirse con los vapores de humo que se habían desprendido hoy del ómnibus ardiente envolviendo a los cuerpos terrible- mente mutilados. Olía a carne calcinada. Súbitamente su expresión grave se transformó en una sonrisa de victoria.

—Hemos perdido a dos compañeros —prosiguió Walter— ¿Saben lo que eso significa? La policía va a interrogar al que cogieron vivo hasta hacerlo mazamorra. Por nuestra propia seguridad vamos a tener que abandonar Nueva Esperanza. Cada uno tendrá que ir a su escondite, porque si nuestro compañero no resiste la tortura divulgará nuestro alojamiento. Por algo a nadie se le permitió nombrar su lugar de trabajo. Es nuestra táctica que sólo yo sepa vuestras direcciones de camuflaje. En caso de que confiese algo, sólo será Nueva Esperanza. Ustedes podrán sentirse seguros en sus trabajos. Esperen a que me ponga en contacto con ustedes. ¡No se impacienten! Pueden transcurrir varios meses.

15

La choza en la que vivía la señora Quispe se encontraba a menos de tres kilómetros de distancia del lugar en el que Walter estaba impartiendo instrucciones a sus compañeros sobre cómo permanecer escondidos durante los próximos meses. Dando puntual inicio a la época de lluvia, había empezado a caer la garúa, esa llovizna tan típica de la región costera peruana, haciendo la vida en las precarias viviendas aún más insoportable, especialmente para aquellas gentes que estaban acostumbradas al clima soleado de los Andes.

La señora Quispe recolectaba diariamente el agua que se había acumulado en el plástico extendido sobre el techo de totora, canalizándola de forma que desbordara por un solo lado y cayera en un bidón; así obtenía agua gratuitamente. "Si sigue lloviendo, voy a tener que levantarme a cada rato esta noche para que no se me caiga el techo encima", murmuraba para sus adentros, pero pensando en la cantidad de intis que no tendría que pagar al carro cisterna se sintió agradecida y de mejor humor. Al acabar de escuchar el noticiero especial, movió la cabeza angustiada. "¿Cuándo terminará todo este embrollo?", se preguntó mientras encendía el petromax. Luego volvió la mirada hacia sus hijos. Elda dormía envuelta en su frazada húmeda y los demás se dedicaban a sus tareas. El dinero aún no les había alcanzado para comprar una mesa. En la habitación había apenas dos camas y un banquito para cada niño; hacían los deberes sentados en la cama con los cuadernos sobre los banquitos. La señora Quispe, por su parte, preparaba su cama cada noche con ladrillos y tablas sobre las cuales colocaba un colchón. Hacía dos años vivían en Lima, y a menudo buscaba respuesta a las preguntas de siempre: ¿Había valido la pena mudarse a la capital? ¿Se había cumplido su deseo de proporcionarles mejores oportunidades a sus hijos, sacándolos de su entorno conocido para catapultarlos a otro no solo desconocido sino completamente ajeno?

Al aumentar la precariedad de su situación, lo cual ocurría con frecuencia, estas preguntas agobiantes se le venían encima como un muro, y ella justificaba su decisión diciéndose que no había tenido otra alternativa. De ninguna manera hubiera podido quedarse trabajando en Toro. Tal vez solo por poco tiempo, hasta haber vendido sus animales o habérselos comido. Con los cultivos del jardín habrían podido sobrevivir unos cuantos meses, pero luego se hubieran muerto de hambre o hubieran tenido que depender de la limosna de los demás campesinos.¿Y en Lima? Tenía que admitir que habían sufrido hambre, que desde el primer día de su llegada nunca había alcanzado la comida. ¿Pero regresar a Toro era la solución? ¿Qué cambiaría? Sin embargo, pese a todas las dificultades, no perdía la esperanza. Algún día tendrían que realizarse sus sueños y cumplirse sus deseos con respecto a su nueva vida en la capital.

Su triciclo, ese elemento indispensable para su trabajo, se encontraba estacionado en un patio y protegido apenas por el techo de la entrada y por un pedazo de plástico. El dinero obtenido del arrendamiento de sus tierras y de la venta de sus llamas había alcanzado, afortunadamente, para adquirir este puesto de ventas sobre ruedas. Era su única pertenencia, el único capital que poseía para alimentarse y alimentar a sus hijos. La gama de productos que ofrecía estaba expuesta sobre una paila: alguna variedad de dulces, pequeños chocolates, chicles, cigarrillos, fósforos, lapiceros, lápices, y borradores entre otros cachivaches. Pero la competencia era agobiante; sin importar hacia dónde se dirigiera, los mejores sitios de venta tales como las entradas a las grandes oficinas o los grandes negocios estaban siempre ocupados por centenares de vendedores ambulantes, y no valía la pena buscar clientes en los propios pueblos jóvenes. Allí no le alcanzaba el dinero a la gente ni para comprar lo indispensable para sobrevivir. Sin embargo, las ganancias conseguidas de la venta en lugares frecuentados por gente con dinero rara vez sobrepasaban los 150 intis. En esas circunstancias era imposible calmar el hambre de cinco estómagos vacíos. Aún así, no tenía otra alternativa que emprender día a día el pesado camino hacia los lugares frecuentados por personas bien vestidas, que manejaban carros nuevos y modernos, es decir, hacia los lugares en los cuales, a su parecer, se encontraba la gente rica.

§

Al ver a José parado en la entrada, la señora Lozada se asombró—: ¿Qué ha pasado José? ¿No querías ir a visitar a tu familia en la sierra?

—Todos los buses estaban repletos. Hasta el fin de semana ya no hay pasajes.

—Eso te lo hubiera podido pronosticar.¡Es el mismo problema de todos los años en Fiestas Patrias!

—Señora—murmuró José sin atreverse a mirarle a los ojos ni por un segundo— ¿le puedo pedir un favor?

—¿A ver, cuál será? —se impacientó la señora Lozada.

—Se han presentado unos problemas en mi casa, ¿me podría quedar aquí por un tiempito, o sea cama adentro, sabe?

José era experto representando el rol del cholo sumiso. Aliviada de que no se tratara de un problema mayor, la señora Lozada contestó:— Si sólo se trata de eso, claro, no hay ningún problema.

Le convenía que alguien más ayudara en la casa durante toda la jornada. No hubiera podido conseguir a un vigilante más barato. Desde que se habían incrementado los atentados terroristas, la gente adinerada requería de más seguridad. Los que podían correr con los gastos, contrataban a un guardián particular. Con frecuencia se juntaban varias familias de una urbanización para contratar a un servicio de vigilancia por 24 horas.

Cuando José se quedaba solo en la casa, aprovechaba la ocasión para echarle una ojeada atenta al diario El Comercio. No pasaba ni un día sin que apareciera algún artículo sobre el terrorismo en el diario capitalino. Lo que más le interesaba era saber si la policía había desmantelado el alojamiento en Nueva Esperanza. Era Renato el que había perdido la vida durante el atentado. Su fotografía en el periódico era espeluznante: la mirada apagada se vislumbraba por debajo de sus párpados entreabiertos y la lengua hinchada asomaba por la boca. José tragó saliva y rápidamente pasó la página.

Hace meses que Walter no daba señales de vida, y ya los Lozada se habían acostumbrado a su empleado cama adentro; José limpiaba, le ayudaba al jardinero, enceraba y sacaba lustre al Jeep y al Toyota, arreglaba las bicis de los chicos… José se hizo indispensable en la casa de los Lozada. Mientras tanto ya había empezado el verano y un día, cuando estaba regando la franja de pasto entre la vereda y la calle, un carro estacionó a su lado.

—Y José, ¿cuál es la onda? —le preguntó el chofer sonriendo.

—¡Walter! —gritó José alegre—¡por fin!

—¡Seguiremos, José! Nos encontraremos en el pueblo joven Collique. Nueva Esperanza esta caliente, no hay que arriesgarnos. ¡El sábado a las seis, ya sabes!

Antes de que José pudiera decir algo, Walter ya había arrancado. La señora Lozada incluso se mostró algo triste al enterarse que a partir del fin de semana José pretendía volver a su casa. José alegó que gracias a Dios, la situación en su familia había experimentado un cambio favorable.

José sintió una alegría desbordante al volverse a encontrar con sus viejos compañeros. Sin perder tiempo, Walter fue al grano—: Nuestra lucha está siendo efectiva. El gobierno se siente inseguro. Los apagones en Lima nos indican que nuestros compañeros en la sierra están volando las torres de alta tensión. Nosotros somos la guerrilla urbana. Vamos a llevar la lucha popular a los rincones más recónditos de esta ciudad. No habrá calle o jirón que se salve de nosotros. Nuestro reciente atentado ha sido aprobado por el presidente Gonzalo.

Las miradas de José y Carla se cruzaron. Una sonrisa orgullosa iluminó sus caras.

—Carla y José han hecho méritos trabajando juntos; van a seguir haciéndolo—. Y dirigiéndose a ellos prosiguió—: Van a conseguirse un VW escarabajo. Edgar les ayudará a convertirlo en un autobomba. Aquí tienen todo lo que necesitan: 100 kilos de dinamita. Por favor encuentren uno que pueda ser cerrado con llave. Así la policía, al sospechar de el, no podrá abrirlo fácilmente para desactivar la bomba.

—¿Y dónde pretenden hacer detonar la bomba?— preguntó José.

—El 22 de diciembre el Presidente Gonzalo nos informará sobre el lugar exacto. Hasta ahora solamente sabemos que tendrá que llevarse a cabo el viernes antes de Navidad. ¡Entonces muchachos, manos a la obra!

§

Como lo había hecho el día anterior, la señora Quispe decidió ir al centro de Miraflores. Al acercarse las fiestas navideñas los padres se mostraban más condescendientes con sus hijos, comprándoles más dulces que de costumbre. Gracias a esta circunstancia, sus ganancias de los últimos días habían experimentado un ligero aumento. Hace tiempo que no había tenido un día tan lucrativo como el anterior. Por lo tanto no vaciló en emprender nuevamente eldifícil recorrido. Estacionó su triciclo al borde de la vereda de la calle Tarata, y se sentó al lado en un banquito. Elda jugaba con una muñeca manca que había encontrado en un basurero de la calle y de la cual nunca se separaba. La adoraba.

—Walter ha mencionado la calle Tarata. ¿Sabes dónde queda, Carla?—le preguntó José.Nunca antes he estado en esta zona de Lima.

—Queda en Miraflores. Es la zona más distinguida de la ciudad. Hay edificios, tiendas, bancos, oficinas, hoteles, ya vas a ver.

Juntos se dispusieron a analizar el plano de la ciudad.

—Lo mejor será tomar la avenida Benavides con dirección al centro, para luego doblar a la avenida Larco.

Con el dedo Carla iba señalando la ruta prevista en el mapa. Para evitar ser intervenidos por la policía, decidieron tomar una ruta indirecta por la Panamericana. Comparada con las calles del centro esta estaba en mejores condiciones, sin baches y con menos canales destapados. Con tantos kilos de dinamita a bordo, evidentemente era necesario evitar golpes y sacudidas. Un canal sin tapa no solo hubiera significado un final anticipado sino también el fracaso completo de toda la misión.

El calor reverberaba sobre el asfalto. Habían bajado ambas ventanas, para poder respirar un poco de aire fresco. Sin embargo, sus frentes estaban sudorosas. ¡Era un sudor helado! Como lo habían planeado, tomaron la salida hacia la Benavides. El tráfico en Lima era caótico como siempre, pero ahora, en los días anteriores a la Navidad, exigía una paciencia extrema. Se avanzaba a paso lento y todos los carros convergían al tiempo en los cruces. Daba la impresión de que los semáforos contribuían más ala decoración navideña que a regular el tráfico.

—Ojalá encontremos un lugar de estacionamiento—dijo José rompiendo el tenso silencio.

—¡Ojalá!

—¿Y si no?

Carla permaneció en silencio. Cual serpientes de metal gigantescas, las largas filas de vehículos se entrelazaban en las calles formando nudos y desenredándose para luego volverse a entrelazar. Dentro de su bomba sobre ruedas, Carla y José fluían con el tráfico. Por fin se estaban acercando al Paseo de la República, y detrás de este quedaba su meta, la zona de negocios. Carla se frotaba las palmas sudorosas en los jeans, clavaba nerviosamente los dientes en el labio inferior y se mordía lo que quedaba de sus delgadas uñas mientras observaba el espejo retrovisor. Y después de un largo rato, dijo súbitamente: —Entonces nos estacionamos en la segunda fila y programamos al detonador a dos minutos, así tendremos tiempo de escapar. Ya no será posible que abran o retiren este carro. Nosotros somos los que nos arriesgamos.

Al ver el letrero con el nombre Avenida Larco, José sintió que el corazón le daba un vuelco. Se quedó asombrado al ver esos palacios de vidrio. Solamente vidrio desde el suelo hasta el último piso. Cada edificio se reflejaba con esplendor en los demás. Por ahora…, pensó.

—Ya estamos llegando, debe ser la primera o segunda calle.

Los remordimientos que José había sentido después del atentado al ómnibus de la guardia nacional se habían esfumado hacía tiempo. Recientemente, a través de canales secretos, se habían enterado de que Luis había muerto a consecuencia de las lesiones sufridas durante la fuga. Al igual que los demás, José sólo había estado esperando que continuara la lucha. La meta de todos era la misma: vengar a Renato y a Luis. José ya no sentía pena. Odiaba a toda esa gente con su ropa elegante y sus carros diariamente lustrados por los pobres. Odiaba esa injusticia agobiante. Observaba indiferente a toda esa

133

gente que anticipando las fiestas navideñas transitaba alegre y sonriente por la calle Tarata. No podían sospechar que su vida estaba limitada a sólo unos minutos más, pero él sí lo sabía…

§

Dos chicas indecisas se encontraban paradas en frente del triciclo de doña Quispe.

—¿En qué les puedo servir, señoritas? —preguntó con amabilidad.

—Todavía no sabemos —respondieron riéndose .—Deme 15 Intis de aquellos caramelos, por favor— dijo una de ellas indicando con su índice la caja a la que se refería.

—Para mí un chicle— se decidió su amiga.

—¡Sírvanse nomás! Son 10 Intis y 15 Intis— dijo la señora Quispe recibiendo las monedas que le entregaban las chicas—. ¡Gracias, adiós!

Parecía que la venta de hoy iba a ser aún mayor que la del día anterior. Hace tiempo que no se sentía tan satisfecha. Se dirigió a Elda, que se entretenía pre-parándole una cama a su muñeca con un cartón viejo y un trapo sucio que su madre normalmente utilizaba para desempolvar la mercadería.

— Ves, Eldita, si todo sigue igual, también habrá Navidad para nosotros. Si la gente no gastara su plata tan generosamente, no podríamos comprarnos esta limonada.

De debajo del triciclo sacó una botella de Fanta, la abrió y después de tomar un sorbo grande, le dio a beber a Elda.

§

Lo que tanto había temido José, se cumplió. No encontraron ningún estacionamiento libre.

—Esperemos aquí nomás— propuso Carla. —De repente ahorita se desocupa uno.

Permanecieron sentados en silencio. De pronto los sobresaltó una pitada aguda, y al volverse cuidadosamente vieron entre los carros dos policías que se dirigían hacia ellos.

—Tranquilo José, no te pongas nervioso —jadeó Carla en voz baja pero decidida.

Como de costumbre cuando José estaba tenso, empezó a rascarse un grano en la frente hasta sacarle sangre. La segunda pitada se escuchó ya de más cerca. A través del espejo retrovisor Carla se dio cuenta que los policías le estaban haciendo señas para que continuarán circulando.

—Estamos buscando urgentemente un lugar para estacionarnos— le explicó José a uno de los policías, que se había parado al costado del vehículo.

—No pueden quedarse aquí por tanto rato, están obstruyendo el tráfico —los amonestó.

Carla y José se percataron de la mirada examinadora que los policías dirigían no solo a ellos, sino también a los dos sacos de arroz debajo de los cuales se encontraban los explosivos. Sin prestarle atención a esta circunstancia, fingieron estar observando atentamente el tráfico,y en un momento vieron con alivio que delante de ellos se estaba desocupando un espacio de parqueo. Respiraron hondo y permanecieron sentados tranquilamente por un rato. Era imprescindible serenarse, ya que el próximo paso requeriría máxima concentración.

—¡Huy, de la que nos salvamos! —exclamó Carla—.Bueno José, aquí estamos bien cuadrados;son más o menos 100 metros hasta cada esquina. No será problema largarnos en cuatro minutos. Tú prendes el cronómetro. Ponlo en cuatro minutos. Yo le echo llave al carro y me dirijo por la derecha a la avenida Larco, tú por la izquierda. Cada uno regresa a la casa por su cuenta. ¡Entonces, adelante!

Carla puso el seguro por dentro, se bajó del carro y cerró la puerta. José levantó la frazada del asiento trasero, pusoel cronómetro del detonador en el número cuatro y apretó el botón "On". Cuando una lucecita roja empezó a titilar al ritmo del segundero tapó todo extendiendo la frazada, y cerró la puerta cuidadosamente con llave. Al entregársela a Carla, ésta se despidió diciendo—: ¡Entonces, hasta más tarde. Y suerte!

—Chau —le contestó José, dirigiéndose rápidamente hacia la dirección convenida. Sin mirara la gente que transitaba por las veredas, mantenía la mirada fija hacia adelante."Al llegar a la esquina donde está sentada la chola esa, vas a tener que empezar a correr a todo dar", se dijo a sí mismo. Se fijó en su reloj. Faltaban tres minutos y medio. Bastarían para poder ponerse a salvo. ¡La chola! ¿La chola? Sin saber por qué, de pronto empezó a buscar a esa mujer que había llamado su atención, y que por el lapso de algunos segundos acababa de desaparecer detrás de un camión que estaba circulando delante de ella. Luego volvió a aparecer con su triciclo. Entre toda esa gente bien vestida, parecía un elemento extraño."¿Por qué será que esta chola no me suelta?" José se asombró de sí mismo, ya que dadas las circunstancias no había lugar para sentimentalismos. Se obligó a no fijarse en nadie. Con la chola no funcionó.

Mágicamente atrajo su mirada. Un sentimiento de inseguridad, de duda, de miedo se apoderó de el. Experimentó una cierta fascinación por la mujer.¿Ya la había visto anteriormente? ¿La conocía incluso? Podría ser. Por un momento se olvidó de que estaba en plan de fuga. Siguió caminando por la calle, para poder fijarse mejor en ella. Repentinamente sintió como si la tierra temblara bajo sus pies. Un sudor frío empañó su frente—:¡Mamá! ¡Mamá! ¡Elda!— se quedó paralizado, la boca seca, la mirada horrorizada.

La señora Quispe reconoció inmediatamente a su hijo.

—¡Joselito, mi hijito adorado, Joselito, Dios mío! ¡Por fin te vuelvo a ver! ¡Qué suerte!

Pegó un salto y llorando abrazó a su hijo.

"¡La bomba!"…pensó abruptamente José, y sintió que lo invadía el pánico

. Gritó a todo pulmón deshaciéndose del abrazo de su madre.

— ¡Mamá, apúrate, tenemos que irnos de aquí al toque, por favor ven y no preguntes! ¡Sólo hazme caso!

La gente los observaba boquiabierta.

—¡Te lo suplico, mamá, vente rápido!

José se acordó de aquella noche en Toro en la que fue fusilado su padre. ¿Correrían esa misma suerte ahora su madre y su hermana menor? ¿Tendrían que perder la vida a causa de un acto terrorista? ¿Perpetrado por él? El mismo acababa de dictar la sentencia de muerte para todos los que se encontraban en las casas y en la calle. En el transcurso de esos pocos segundos, José se dio cuenta súbitamente del rumbo equivocado que había tomado su vida durante los últimos años. ¿Qué había hecho? ¿Adónde había llegado a parar? ¿Qué representaba ahora? Gritó, y lleno de rabia empezó a llorar. La señora

137

Quispe no acabó de entender a su hijo. Estaba hablando locuras, desconsolada le imploró que se serenara.

— ¡Deja todo tirado, tenemos que irnos de aquí, sino moriremos todos!— siguió rogándole José.

Su madre trató de tranquilizarlo, diciéndole que por allí todo se encontraba tranquilo, que ella no podía abandonar su negocio. Además les robarían todo, todo lo que tenían.

— Por el amor de Dios, por favor, ven, ahorita va a suceder algo terrible. Yo mismo he escondido una bomba a pocos metros de aquí en esta calle. Explotará en cualquier momento, ¡créeme! ¡Soy senderista! ¡Ayúdame por favor, vámonos rápido, ahorita va a explotar terminando con todo, todo! Hazme caso, es cierto lo que digo, es cierto todo!

Elda había desaparecido junto con su muñeca entre los pliegues de la falda de su madre. Con toda su fuerza, tirando de su manga, José arrastró a su madre hacia una calle adyacente. Ella agarró a Elda y se dejó arrastrar sin entender ni el para qué ni el porqué, sin entender a su hijo, al que acababa de encontrar después de muchos años, y que ahora, según su parecer, estaba totalmente desequilibrado; sin entender esta fuga por entre la gente joven y vieja, contenta y alegre que estaba en espera de las vacaciones de verano que pasaría en las playas soleadas del océano Pacífico, toda esta gente que aún no sabía que habían llegado los últimos segundos de su existencia; pensó en su triciclo, el medio de subsistencia que había dejado abandonado en la calle con toda su mercadería y su dinero. De pronto una atronadora detonación interrumpió sus pensamientos precipitados. Una onda de presión la lanzó al polvo. Unos segundos después, gritos desesperados la despertaron de su desmayo. Elda estaba sentada a su lado llorando. Un poco más allá se encontraba José, acurrucado, con los brazos entrelazados sobre la cabeza, tal como lo había estado en el jardín de Toro.

—¡José, José!, Qué ha pasado? —le preguntó su madre medio aturdida.

José permaneció echado sin moverse, y ella, mientras sentía que el mundo se desmoronaba a su alrededor, se sentó al lado de su hijo y empezó a acariciarle la cara, que debido al polvo se había transformado en una máscara. Acomodó su cabeza en la falda y llorando contempló a su hijo, que había creído perdido para siempre.

En los alrededores reinaba un caos infernal. La calle Tarata se había transformado en un área cubierta de escombros, llena de concreto destrozado, de hierros doblados y vidrios rotos. Los vehículos destruidos estaban siendo consumidos por las llamas, partes de las fachadas de vidrio así como pedazos de pared caían sobre aquellos transeúntes aturdidos que no habían perdido la vida en la explosión. Las ventanas sin vidrios parecían cuencas sin ojos que contemplaban fijamente el atardecer veraniego. Los gritos de dolor de los heridos, cuya vestimenta seguía ardiendo y cuya piel carbonizada se desprendía como harapos, no cesaban. Era un cuadro terrible de horror, desesperación y destrucción.

La señora Quispe permaneció sentada protegiendo a su Joselito. Su cabeza seguía recostada en el regazo de su madre, tenía los labios fuertemente apretados, la mirada perdida, y las lágrimas que brotaban de sus ojos, le humedecían la falda.

— ¡Ven Joselito, vámonos a casa, regresémonos a Toro! Nosotros no encajamos en esta vida, en esta tremenda ciudad, campesinos como nosotros nunca podrán ser felices aquí.

Se levantaron con lentitud. Tristemente la señora Quispe se dio la vuelta por última vez. Al costado de un muro se encontraba una maraña de hierros retorcidos junto a unas llantas de bicicleta en llamas. Eran los restos de su triciclo, con el cual había pretendido empezar una nueva vida. ¿Por qué todo había tenido que llegar a este extremo? ¿Hacia dónde nos conduce esta violencia? Fueron éstos los pensamientos que la acompañaron al abandonar ese lugar catastrófico tomando a Elda y a José de la mano.

—¡Si casi éramos vecinos! —exclamó José al llegar a la mísera choza de la familia Quispe en el pueblo joven Dios es Amor.

—Sí, Joselito, y recién hoy nos hemos encontrado —respondió su madre. —¡Regresemos a Toro, a nuestra tierra!— volvió a repetir su mayor anhelo la Sra. Quispe—.Mientras exista Sendero Luminoso va a peligrar tu vida no importa dónde te encuentres.

José asintió en silencio y permaneció sentado mirandoel suelo. Su madre se dio cuenta con tristeza de que su hijo había cambiado demasiado, de que ya no era el de antes.

—Sí, a Toro, sólo a Toro —dijo por fin débilmente. — Me van a buscar los militares y los senderistas, de repente me van a encontrar algún día, pero quiero regresar a Toro. Que me encuentren, pues. ¡Me he equivocado totalmente! La violencia no lleva a nada, absolutamente nada, lo he vivido. ¡Sólo trae sufrimiento y muerte!

§

Pasados unos días, la señora Quispe y todos sus hijos regresaron a la sierra, a Toro. Nadie en el pueblo le preguntó jamás a José dónde había estado durante los últimos años, ni qué experiencias de vida había tenido.